李叔真——著
蘇力卡——圖
林文寶——主編

愛像紙屑一樣多

—李叔真精選集—

增訂新版

編選前言

國立台東大學榮譽教授　林文寶

「少年小說」是少年、兒童閱讀領域中甚為重要的一種體裁，具有「跨越性」的功能——從童書導向成人閱讀的跨越。在台灣，少年小說擁有廣大的閱讀群眾。無論是歸屬於台灣本土創作與得獎作品，還是大量翻譯國外優良的作品。廣度上在於出版的「數量」；深度上在於作品的「品質」，均有相當高層次的水準，這是令人欣喜的現象。

然而，地球村潮流與文化殖民影響，相對的，無形中也造成「文化霸權」的入侵。深具台灣人文關懷與本土自然風情的優秀創作，往往因此緣故，可能出版未久，便覆沒在廣大的書海裡。

於是，為了免於有遺珠之憾，各項評選、推薦的活動順勢而起。一方面期望在茫茫書海中為讀者再次尋找優良的作品，這樣的歷程，可謂是在精華中萃取精華；另一方面也是為在地語言、本土文化、歷史傳承與深具台灣本土意識的佳作，提供再一次聚光的舞台。

所以，關心兒童文學出版，有其必要性的適時觀察、檢視，以期了解全面性的發展過程。綜觀兒童文學無論是常態性的出版運行，還是隱藏性的書寫變化，都是在呈現一時一地文學之菁萃，使其蓬華生輝。

筆者長期蒐羅兒童文學作家作品，輯注出版書目，曾於一九八七年及一九九八年兩度策劃兒童文學各文類階段性編選工作，並編纂二○○○至二○○九年兒童文學年度精華選集。

就兒童文學小說一類之演進，在關注發展與多方蒐集資料，題材自寫實鄉土至奇幻異境；從孤兒自勵到頑童冒險，可見取材視野之開闊，風格也趨向多元多變。

在見證作品豐富多變之時，身為讀者固然「開卷有益」是一種幸福，然而作為評選者往往就得慎重面臨思索、分析與取捨作品，來滿足讀者及研究者。慶幸在不同時期，我們擁有願意支持這份志業的出版家，以及願意擔負這份重責的編選者，所以完成多部眾聲喧嘩、質量可觀的兒童文學小說選集，持續為茁長兒童文學的枝幹，增添新葉。

九歌出版社自一九八三年設立「九歌兒童書房」（後更名為「九歌少兒書房」）書系，其文教基金會繼於一九九三年起舉辦「九歌現代兒童文學獎」（後更名為「九歌現代少兒文學獎」），不論是獎勵作家創作或是出版優秀作品，每件事都為台灣少年小說的開展樹立典範。為服務廣大兒童文學小說愛好者，特地規劃「新世紀少兒文學家」書系，以個別作家的整體作品為範疇，精選適合少年兒童閱讀的作品編輯

編選前言

成冊，這樣的兒童文學作家作品編選方式是前所未有的。

在台灣兒童文學創作領域以少年小說為創作主力者，在各時期都有名家傑作產生。有些職志未改，始終關注青春少年議題，為其發聲，儘管時空轉換，仍是筆耕不輟；有些志趣轉向，然而對少年兒童的精準描繪與豐富想像仍舊可觀。

這些作家對台灣少年兒童所處的家庭、學校、社會構築的生活有其獨到的論述，成就獨樹一幟的敘事，不僅體現在地作家的人文關懷，更形成反映本土現實的珍貴資產。

本書系為本土少兒文學名家作品選集，主要提供國小高年級及國中以上學子閱讀之優秀作品，所選名作都與少年讀者生活息息相關。文章以精短為主，可讀性與適讀性兼具，以期少年讀者能獨立閱讀。

走過千禧年，在第一個十年之時，希望本書系之出版能為本土少兒作家的文學成就獻上禮讚，亦為台灣少年讀者的閱讀視野再闢風光，謹以為誌。

推薦李叔真

素樸的文字・鮮活的想像

李叔真在兒童文學領域長期筆耕，童話、生活故事、少年小說均有傑出成績，其創作風格由早期寫實轉向近期奇幻，極力嘗試。本書所輯錄的作品多以寫實為主，涵括家庭、校園、城鄉等少年兒童的各個生活面向。

從生活瑣事描寫少年兒童需要有長期且詳細的觀察與同理，我們在〈離別的滋味〉、〈雨天裡有一隻貓〉、〈黑夜，黑漆漆的夜〉、〈愛像紙屑一樣多〉和〈大姊姊，我自己來〉等作品都可以發現作者以小見大、匠心獨運的安排。此外，在〈燈籠花〉、〈中秋心願〉及〈兇貓與我家〉等作品也可以發現作者對於城市、鄉村等不同的孩童生活型態的關切與想法。

作者以兒童文學創作與教學為職志，以素樸的文字、鮮活的想像，印刻兒童生活的點點滴滴；作品有以自然事物為背景者，顯現其在地生活觀想所得之體悟；有以弱勢族群為主角者，表露其至情至性的人文關懷；本書選錄作品與少年兒童的生活經驗貼近，少年讀者必然備感親切，無不顯示作者為少年兒童創作的專注與用心。

林文寶

與小讀者談心：

飆向閃亮的夢想

在閃亮的少年時代，我盡全速飆向我的夢想。

在小學那種班導師包辦一切事務——包括學生的呼吸在內——的教學方式下，我一直處於「民間雜耍」的地位，自覺忿忿不平，我一定要登上「殿堂舞台」！

我天天講故事給班上聽，可是，演講比賽又沒有我的份啦！（哇哇大哭一場！）

我的每一篇作品都被報紙兒童版錄用，可是，作文比賽又沒有選我啦！（再哇哇大哭一場！）

還有，我那麼愛跳舞，又那麼會編舞，期末的遊藝會表演，老師還是不讓人家上台啦！（快哭死了！）

民國五十九年升小六時，晴天霹靂，我們聽到了一件夢想成真的事情——死板板的初中已經被革命推翻。現在，有了文明的新制度，那就是不用考試就可以直升的「國民中學」。

哇！哇！天要下紅雨，太陽打西邊出來了。文明新潮的國民中學和以前呆頭呆腦的初中完全不一樣，我們有漂亮的白上衣、深藍百褶裙當制服。配上白色小短襪、黑色新皮鞋，簡直就是辣到不行的新潮女學生。更何況，夏天太陽太大時，我們換上金黃色的斗笠，綁上寬寬的藍布條，在耳朵下結成一朵大大的蝴蝶結，哇！哇！辣妹！西施！

而且，星期六只上半天課，下午，是要放假的，文明程度……和美國人一樣。

嘿嘿！我的機會來了！

我的作文全班第一名。

所以，報告老師，這學期的縣長獎作文比賽，我一定要參加喔！

還有，報告老師，全班都喜歡聽我講故事（不信您去打聽嘛！）這學期的全校演講比賽，絕對不可以忘記我，不然……不然……（不然怎樣？老師問我）我就……就……哇！……（當場大哭起來，嚇死班導師了）。

國一學期末時，我緊張死了。學年末了，都會有遊藝會表演，全鎮的家長、家人都會來看，連鎮長都來啦！我絕對不可以錯過。

於是，我又衝進了導師辦公室。

「報告老師！」

「妳又怎麼了？」

「我要參加舞蹈表演。」

「妳……會跳舞嗎？」

「會呀！我上學期就已經練好了。」

「那妳要跳什麼？」

「嗯……採茶舞、西班牙舞、小放牛、繡荷包……」

「那麼多？妳的腳不會彎掉嗎？」

「不會！我要把小學六年沒跳的，現在一次跳個夠！老師，您放心，我全部練好了，舞衣也做好了！」

「我的媽呀！」

而且，這還不夠，我還要參加話劇表演、我還自己畫漫畫，借給全班看，點閱率百分之一千，有很多人看了又看、看了又看，都捨不得放手呢！

絕對不要小看自己的夢想。

長大後，我成了出版編輯、成了寫故事的作家、成了小朋友的文學及寫作老師，下班回家後，我到處表演話劇娛樂醫院生病的孩子。我的臉皮比犀牛皮還厚，到現在還在跳芭蕾舞，使自己的生活充滿快樂。

在閃亮的少年時代，我盡全力飆向我的夢想。接下來，我實現了我的夢想。而現在，我滋滋有味地享受一生累積下來的夢想。

知道我幾歲了嗎？

我五十五歲了，我還在講故事、跳芭蕾舞……童年的美夢，至今一樣都不缺。

好豐沛的人生啊！

李叔真

於二〇一〇三月

目錄

1

燈籠花

台灣鄉下有一種土里土氣的小紅花，大家叫它「燈籠花」。燈籠花的顏色有點紅又不太紅，帶些花白花白。捲曲的花瓣上有許多齒裂，一起向上翹成一顆小圓球，球心一條長長軟軟的花蕊垂下來，末端一綴花粉裝飾著，風一吹來，便搖搖擺擺，怎麼看，都像一只很小、很小的雕花小燈籠，真是妙透了。

在中央山脈的山腳下，有許多鄉下小學，都種滿了這種燈籠花來當籬笆。到了夏天花季，墨綠的樹籬上開滿了紅花小燈籠，在夏季的涼風裡搖來搖去，真是美呆了！

有一天，一所種滿燈籠花的小學裡，轉來一位二年級的新同學。這位新同學來自大都市，長得又白又胖，一副營養過剩的模樣，很奇怪。更奇怪的是，他全身長了那麼多的肉，卻只長了這麼小的膽子。在這所寧靜又和平的鄉下小學，他看到什麼都怕得哇哇叫！混在學校裡這一群天天上山下海四處冒險的學生裡，他顯然就是個不折不扣的膽小鬼。

同學們問他：「小虎，你怎麼這麼膽小呢？啊？」

小虎聳聳肩，他也說不上什麼原因，他就是怕。他覺得山上就像一座惡魔島，島上都是怪物，叫他怎能不怕？

同學又問他：「你怎麼這麼怕？你以前沒有看過蛇嗎？」

小虎搖搖頭，又點點頭：「有啊！在圖鑑上，不是真的蛇。」

「那你以前沒有看過蝴蝶嗎？」

「有啊！在圖鑑上，不是真的蝴蝶。」

「那你也沒有看過飛蛾嗎？」

「有啊，在圖鑑上，也不是真的。」

「那……毛毛蟲呢？」

「也在圖鑑上，不是真的。」

「那蜜蜂呢？蟬呢？小鳥呢？蛞蝓呢？……」

「都在圖鑑上，都不是真的。」

……

「哦……！」

這就難怪他什麼都怕了，他以前是都市裡的飼料雞，從一出生就住在水泥大廈裡，連看到的蘋果都是削成一片一片的，從來就沒有接觸過真實的大自然。現在，一下子搬到鄉下住，原本都該在圖鑑裡的動物，突然都活了起來，飛的飛、爬的爬，當然會嚇死他啦！

有一天上美術課時，老師要大家畫一種動物和牠的家。小虎畫了魚和魚的家，當他畫好交給老師時，老師一看，差一點沒昏倒！小虎畫的魚是正方形、被煎得黃黃、還澆上黑胡椒醬的魚排，它的家就是一個大盤子，魚排淋著胡椒醬躺在大盤子裡，就是小虎的「大自然裡的動物：魚和魚的家」。

這幅畫笑倒了全班，轟動了全校，連校長都笑得從椅子上跌下來。

小虎自從都市轉到這所鄉下學校後，說什麼也過不慣，每天上下課都哭哭啼啼的，吵著要搬回都市去。

有一天，小虎的媽媽出門到鎮上辦事，爸爸也加班趕不回來接小虎下課。媽媽便打電話給小虎的班導師，要老師送小虎回家。

導師接完電話，很生氣。他對小虎說：「我們山上比都市安全幾百倍，又沒有盜匪會綁架學生，你怕什麼？你家離學校只有五分鐘，又有這麼多同學一起下課、一起走路回家，難道你還怕螳螂用牠的刀臂把你切成牛排吃掉嗎？真是的！今天你一定要自己回家！」

小虎一聽，馬上臉色發白、手冒冷汗，全身緊張得直發抖。要他自己走回家？這幾乎是不可能的事！他從出生到現在，還沒有去哪個地方不是爸爸媽媽接送的，他哪敢自己走回家呀！

但終於還是到了放學的時間了，全校師生一下子就走光光，只剩下小虎一個人站在校門口，走也不是，不走也不是，只能焦急得徬徨徘徊著。

天色漸漸的暗了下來，四周的景物慢慢的被籠罩在夜色中，越來越模糊不清。

眼看著學校前面原本清清楚楚的小馬路，現在已經變成漆黑模糊的一片，小虎緊緊的把書包抱在胸前，開始害怕的哭起來。

「媽咪……嗚……媽咪……爸爸……爸爸……嗚……嗚……爸爸，快來嘛！快來呀……嗚……」

小虎連哭也不敢大聲的哭，這麼漆黑恐怖的地方，他怕哭聲太大了，會把躲在黑暗裡的什麼惡魔引來。現在，小虎腦海裡浮現的，盡是他過去在電視的暴力卡通片裡所看過的惡魔和鬼怪。它們一個又一個、三個又四個的紛紛從小虎的心裡、腦裡、眼裡、嘿嘿怪笑的衝了出來，在烏漆抹黑的夜空裡，包圍著小虎怒吼、閃電、打雷、噴煙吐火，聲明要把孤單的小虎丟進沸騰的鐵鍋裡熬成魯肉飯！

小虎用手指塞住耳朵尖叫：「媽咪！媽咪！爸爸！」

小虎越來越恐懼，他不敢再站在原地。他想，如果他四處躲來躲去，惡魔就不容易找到他了。於是，他開始邊哭著，邊東躲躲、西藏藏。

他先從校園這邊跑到那邊，又從校園那邊跑到這邊，這樣來來回回的跑了幾趟後，小虎累歪了，他想坐下歇腳，休息一下。可是只要他一停下來，他就感覺到惡魔找到他了，正一邊伸著利爪一邊悄悄包圍他。他驚恐得緊抱書包，馬上又站起來繼續跑。跑！跑呀跑！躲呀躲！他終於跑得氣喘如牛、精疲力竭。

「我不管了！來就來嘛！」他沮喪的嚷嚷，一屁股坐在草地上放聲大哭起來。

他一邊哭一邊喊著媽媽，還不時恐懼的向四面張望。啊！他想，如果現在能有一盞燈就好了，只要小小的一盞，讓他照個亮光就行了，有一點亮光，至少就不會像現在這麼漆黑可怕吧？

可是，爸媽都不在家，誰會爲他送一盞燈來呢？這是不可能的事，因爲他的膽小，同學根本就不理他的。想到這裡，小虎就委屈得更想哭，看來這個世界上，除了愛他的爸爸媽媽，就再也沒有人會關心他，更別提有誰會管他的死活了。

他正絕望地抽泣時，卻看見前方有一朵小小的火光。

他驚訝的瞪著前方，真不敢相信！他揉揉眼睛，再努力的用力看，沒錯，黑暗的前方，正閃爍著幾盞小小的燈光。

「啊！」他大叫：「燈？」

小虎抱著書包，駝著背，躲過惡魔的追尋、閃過鬼怪的撲殺，快步的朝燈光走去。當他走到燈前時，才發現，這燈光原來是樹籬上燈籠花裡發出的光。可是，燈籠花裡怎麼會有光呢？他把眼睛湊近花瓣仔細的看，看見了裡面正停著一隻螢火蟲，這隻螢火蟲用牠細細的六隻腳，緊緊的抱住花柄，尾巴上正閃爍著一朵金綠色的亮光，照映著燈籠花上精緻的縷空紅花瓣。

雖然只是螢光的一點微光，在小虎眼裡，卻亮得足夠讓他放下心來了。

「噢……………」小虎輕輕的舒了一口氣，全身緊繃的肌肉都放鬆下來了：「有光了！終於看見光了！」

「咦……！」一個念頭閃進了小虎的腦海，他站直了身子，對了，樹籬盡頭左手邊的第一間教室，不就是他們教室嗎？爲什麼不躲進教室去，免得在外面被惡魔追得到處跑呢？

小虎二話不說，摘下了燈籠花提在手裡，便小心的沿著樹籬上上下下閃著螢光的小燈籠向前走。走到了樹籬盡頭，果然看見一排教室豎立在黑暗中。

小虎把燈籠高高的提在前面照路，一路摸進了教室裡，找到了自己的坐位。

看到了熟悉的教室，摸到了熟悉的課桌和椅子，小虎這下子真的安心了。他把椅子拉開，小心的把頭伸進桌子底下，整個人便跟著塞了進去，躲了起來。躲好後，小虎才把那朵救了他的命的小燈籠高高的提在眼前，仔細的欣賞了起來。

在黑暗中，螢火蟲尾巴上的冷光是那麼的亮，以致於小虎完全看不見牠黑黑的蟲身，但能清楚的在螢火蟲金綠色的光亮中，看見燈籠花上精緻玲瓏

的花瓣。

燈籠花，怎麼會這麼美呢？螢火蟲，怎麼會知道我的危險呢？恐懼消失，一種小小的快樂悄悄地爬上了小虎的心頭，他望著亮晶晶的小燈籠，想起一首美麗的歌：

小小螢火蟲
飛到西
又飛到東
這邊亮
那邊亮
好像許多小燈籠

他唱了一遍，很開心，又唱了一遍，再唱了一遍，便一遍接一遍的唱下去：

小小螢火蟲
飛到西
又飛到東
這邊亮
那邊亮
好像許多小燈籠……

他唱呀唱，越唱越大聲、越唱越開心，他從來就不知道這首歌是這麼的可愛、這麼的好聽。彷彿千千萬萬個點著螢蟲小燈的燈籠花，正隨著歌聲，從小虎的心裡、腦裡、眼裡和嘴裡紛紛的飛了出來，閃閃爍爍的圍繞著他，上上下下、左左右右的飛舞著、搖曳著，也和他一起響亮的歌唱著。

「小虎！小虎！」

小虎愣了一下，停下歌聲，東張西望，誰叫他？不會是螢火蟲吧？不是螢火蟲，「小虎！小虎！你在哪裡？」是他們班上的同學！一大串流星般的螢火，搖曳著飛了進來，伴隨著螢光而來的，是同學們熟悉的呼喊聲。

「小虎！出來！是我們，我們來找你了，我們聽見你在唱歌，快出來呀！」

小虎這下可真是心花怒放了，他開心的扯著喉嚨回答：「我在這裡！在我的桌子底下。」

「桌子底下？你在桌子底下幹什麼？」

「我……在躲惡魔呀！」

黑暗中，大家愣了半秒鐘，便爆出一陣大笑，每一個學生都笑得東倒西歪，手上的小燈籠和牠的螢光也跟著東倒西歪，好像快笑翻了。

小虎終於可以安心的回家了。一路上，他的同學們嘰嘰喳喳的搶著告訴他，他的爸爸媽媽發現小虎沒有回家，就說什麼也不相信小虎還留在學校裡。他們認爲，有人探聽到他們是大都市搬來的，就把小虎給綁架了！所以，他們馬上報了警，警察正在組織搜救隊，要到山上和山谷裡去搜救小虎。

只有小虎班上的同學很確定，那個連蝴蝶都會怕的膽小鬼小虎，他除了會留在學校裡不敢動之外，他還有膽上哪兒去呢？

他們一邊走一邊說，個個都吵得嘰嘰呱呱，口沫橫飛，還不時有人抱著肚子倒地狂笑：「哇哈哈！哇哈哈！有魔鬼……哇哈哈！哇哈哈！躲在桌子底下……哈哈哈哈！」

從遠遠的黑夜裡看過去，看不見那群不怕死的小毛頭和那個胖胖的膽小鬼。只看見一群喝醉了酒似的小燈籠，它那小小的火光在黑暗中東倒西歪、亂搖亂晃，畫出了一道道美麗的金色流光，還不時伴隨著一陣陣樂歪了的尖叫大笑聲。

今晚，連燈籠花和螢火蟲都樂瘋啦！

附記：文中燈籠花即為裂瓣朱槿，花瓣羽狀深裂反捲，花蕊細長，末端微翹。多種植於住家籬笆，也是孩童遊戲的良伴。

2

兇貓與我家

我可以說從來就沒看過比我家那隻大跛更兇的貓，媽媽說，我家大跛之所以會那麼兇爆，是因爲我家老鼠太多了，大跛每天盡忠職守地和老鼠作戰、惡鬥，久而久之，就變成了一隻奇兇爆無比的壞脾氣的貓，無論是誰，只要不小心惹了牠一下，牠立刻怒吼咆哮，一爪子抓得人皮破血流、傷痕累累。

所以，如果我們家有誰爲了什麼事大發脾氣時，我們就會狠狠地罵一句：「你簡直快和大跛一樣兇了！」

最尷尬的是有客人來的時候，試想想看，一位穿戴斯文的客人，帶著精美的禮物，含笑而至時，而我家客廳卻臥著一隻只要一碰牠，馬上就張牙舞爪的兇貓，我們簡直就不知道該怎麼向客人解釋，我家……呃！我家這隻貓也不知道怎麼搞的，就是兇！

這麼長久以來，我一直擔心，大跛會把牠那超級壞脾氣傳染給我們全家。我記得我小時候，大跛並不那麼兇的，那時，爸爸每天下了班，就到娛姆家接我回家時，臉上雖然很疲倦，但總是笑嘻嘻地，和娛姆打完招呼，就抱著我親個沒完，臨走前，還向媬姆深深一鞠躬，謝個不停。回到家後，媽媽正忙著作晚飯，爸爸就先把音樂放了，再到浴室放水，替我洗澡，洗完澡，一家人快快樂樂地吃媽媽做的晚餐。飯後，大家一起泡茶、聽音樂。那時的大跛還小，腳也還沒被追老鼠時撞倒的一個奇石砸斷，牠總是靜靜地趴在沙發邊，偶而散散步，悄聲兒地走來走去，喵喵叫幾聲，那時的大跛是溫存可愛的。

可是，自從大妹出生後不久開始，整個家的情形就逐漸變樣了。起先是爸媽賺的錢多一些了，買得起大電視、換得起大冰箱了，家裡東西越堆越多，新的進來了，舊的還沒用壞，又捨不得丟，只好想辦法擠，擠不了的，就想辦法塞，於是，黑暗的角落越來越多，到處有縫隙、角落，到處都成爲老鼠的好家園，老鼠就在每個黑黑的角落成家繁殖，我們成天都可以看見一個個黑忽忽的小影子，從一個角落急急竄向另一個角落，還邊跑邊發出刺激的「吱吱吱！」尖笑聲，彷彿是在玩一個冒險遊戲。

這種令人冒火的尖笑聲對咱們人類來說，除了罵兩句粗話外，生氣也還只能生氣，但對大跛來說就不一樣了，尖笑聲還代表了嘲笑、是鼠輩對牠的剋星的藐視和嘲笑，伸著食指兒勾引牠去追逐，大跛怒極了，開始沒日沒夜都在抓老鼠。白天，反正全家上學的上學，上班的上班，那個家就等於是牠的，任牠囂張。到了半夜，全家呼呼大睡，那個家，當然也等於是牠的，任牠追逐。可是，有一段時間應該是屬於我們的，那就是下班、放學後，一直到上床前，我們得在屋子裡活動、吃飯、洗澡什麼的，所以，屋子該屬於我們。但大跛管不了那麼多，哪怕是玉皇寶殿，反正，牠只要一見老鼠就追，常常把我們那已經夠忙夠亂的家攪得火上添油、人仰馬翻，根本不像個家了。

爸爸常常雙手插腰，環現屋子，嘆了一口氣說：「唉！我家的東西實在太多了，壓得人透不過氣來了，尤其又能躲老鼠，要不是那麼多老鼠，大跛也不必捉得那麼忙，大跛的脾氣真的越來越壞了，連我都被牠攪得不能過日子了。淑華，以後少買東西！」

媽奇怪地瞪爸一眼：「又不是全是我買的，你自己買得比我還多，那部電腦桌子底下的老鼠比哪兒都多。」

可不是嗎？我們在吃飯，牠就在我們桌下、腳下追逐，老鼠在鬼叫，大跛在怒吼，有誰的腳絆到了牠或牠絆到了誰的腳，那個倒霉的人只叫了一聲：「大跛！……」還沒叫完，大跛早已怒吼一聲，一爪子抓得人鮮血淋漓了，不管誰，擋了牠捉老鼠，下場都一樣。

有一回，媽發脾氣，爸就罵媽：「和大跛一樣兇爆，還像女人嗎？」

媽氣哭了，就回罵：「是啊！我是和大跛一樣兇啊！可是爲什麼？還不是爲了這個家，忙得不像人，脾氣還會好嗎？」

爸又苦惱地雙手插腰、環顧四周，喃喃嘮叨，說家裡東西實在太多了。

「以前買這些東西，都是爲了讓生活更方便、更省點時間，就像那個大號冰箱吧！以前說小冰箱裝不了多少菜，天天去買菜，多累、多麻煩？就分期付款買了這個大冰箱，現在呢？比以前更忙，天天忙著買東西把冰箱放滿、再忙著把放滿的東西吃光，結果呢？伙食費比從前多出兩倍，只好更忙著賺更多錢，而大冰箱後面全是老鼠尿、老鼠屎，成了一流的老鼠窩。」

爸爸邊嘆氣嘮叨、邊搖頭，媽在沙發上生氣、哭！晚餐也不做了，全家出去吃，伙食費又多出幾百元，爸媽明天又得想辦法多加班，賺回幾百元才補得起。

還有一天早晨更慘，大跛差一點就把我家給拆了。

事情發生在前一天的半夜，每個人都因爲天天奔波疲倦而睡得像吃了一百瓶安眠藥似的，打呼的打呼、磨牙的磨牙。

漆黑的客廳猝然傳來一聲巨響，「碰！轟隆！」

我嚇得一下子從夢中直條條地坐起，兩眼圓睜、腦袋卻昏昏沉沉地，搞不清楚是怎麼回事。

緊接著我聽到「乒乒乓乓、碰咚！碰咚！轟隆隆！」的一陣亂七八糟碰撞聲、翻倒聲、重物墜地聲、雜夾著老鼠吱吱吱的尖叫逃命聲和一聲聲兇惡的低聲怒吼。那種從動物的喉嚨深處發出的怒吼聲，我用腳趾頭想也想得出來，是咱家大跛。

暴動過後，一切又歸於平靜，我放心地又倒頭就睡，再度入睡前一秒，我瞄了一眼在另一張床上的小弟，看他只哼了兩聲，就又呼呼大睡了，其他人大概也沒理會吧？誰不知道是大跛幹的好事呢？聰明人就該別讓牠打擾睡眠，於是，我立刻又打起呼來了。

第二天一早，到客廳一看，整個客廳和廚房，就類似第二次世界大戰後的戰場，被炸得能倒的全倒了，能翻的也全翻了，更別提那些會破的會裂的，簡直就沒留下半個完好的了。

媽媽披頭散髮地穿著睡衣拿著掃把畚斗，正在大概清理一下。爸爸也鬍鬚滿面地穿著睡衣，打算把翻倒離位的東西，大概歸位整理一下。在他還沒動工之前，他先蹲在客廳，對著他那散了一地的碎茶具唉聲嘆氣。

大家都沒有太多時間，馬上就得該上班的上班、該上學的上學了。

我睡眼朦朧地走到浴室看一下，有人在裡面漱洗。

「快點啦！不是只有妳一個人要洗吔！」我昨晚被吵了，覺得沒睡飽，口氣自然也就好不起來。

「叫什麼叫！叫魂哪！馬上好了啦！我才剛進來吔！」

是我大妹那潑婦嗓子。

「哥哥！幫人家穿衣服！我快來不及了。」

小弟哭喪著臉走出我們共有的房間，真受不了他，都快上一年級了，還連衣服都不會自己穿。不過，這還事小，更叫我冒火的是，不論遇到什麼問題，他第一個反應就是哭！看吧！他看準今天早晨媽是沒空幫他準備上幼稚園了，就含著一包眼淚，依依嗚嗚地把衣服拖在地上，像大跛拖死老鼠一樣，拖著來找我了。

而我是一看到人家哭就心煩的，連問都懶得問他出了什麼事，就忍不住先吼他一頓：「哭什麼哭？你家死人啦？衣服不會穿有什麼好哭的？」

「大孔！」爸媽怒不可遏地一起吼過來：「大清早一張嘴不乾不淨地講什麼？」

「替小弟穿衣服一下會死啊？小心你的皮癢了是不是？」媽緊接著又吼了一頓。

「妳也快點好不好？」爸對媽不耐煩地說：「都幾點了？連個早飯也沒影子？」

「我在弄什麼你沒看見啊？」媽也沒好氣：「叫你把東西歸位一下，你一個早上只會蹲在地上看你的茶具，破了就破了，再看它會好啊？」

「妳叫什麼叫？」爸瞪著眼吼回去：「妳知道什麼？這是小方印的宜興朱泥壺吔！現在一把市價多少妳知道嗎？不心疼！妳闊！妳有錢！」

「真奇怪！又不是我打破的，你吼我幹嘛？」媽匆匆把掃好的垃圾拿進廚房垃圾筒，丟下一句：「神經病！」就準備進房間去換衣服了。

媽經過我身邊，又吼我一句：「替小弟穿衣服！」

我瞪著媽看：「妳沒看我在替他穿呀？幹嘛吼我！」我一邊幫小弟把襪子套上，一邊罵他：「白痴！這麼大了，連襪子也不會自己穿！我自己都還沒刷牙……小晶妳快點好不好！死在浴室裡啦！」

小弟「哇！」一聲，被罵哭了，真沒用！煩都煩死人了，我更煩，就用力替他束上腰帶，再狠狠推他一把，把他推回房間去，讓他一個人在裡面哇哇大哭。

真是的，我後來又不是吼他，是在罵大妹吔！也沒搞清楚就哭。

大妹終於出來了，刷個牙洗把臉，把一間浴室搞得像洪水泛濫後的災區。

「每次都這樣，搞得整間浴室濕淋淋！」我氣死了。

大妹一扭頭，白我一眼：「我高興！哼！」

一副三八阿花的德行，噁心死了。

我瞪了她一眼，轉身走進浴室，把門狠狠地「碰！」一聲關上。

「小聲點好不好？一定要這麼用力啊？門不會壞的啊？」爸又吼了，邊吼邊往房間去換衣服，叫聲從房間裡傳了出來：「喂！妳快點弄早餐好不好？快遲到了妳知不知道？」

「你自己不會看看時間啊？今天早晨我忙成這樣？哪有空弄早餐？」媽的聲音也從房間裡傳出來：「都到外面吃啦！」

「搞什麼嘛妳？家裡有東西不吃？又到外面吃？妳有錢呀？」

「我忙你沒看見呀？」媽火冒三丈：「就只會吼！有本事你多賺幾毛錢

呀！只會吼人，算什麼英雄好漢，幾點鐘了你知不知道？還弄早餐！等早餐弄好大家全遲到了，真奇怪，你以為就你一個人要上工呀？我不用上工呀？沒錢？你以為就你一個人會省？我不省？我不心疼錢？」

「妳說這一大堆話什麼意思？」爸在跳腳了：「我只不過說妳兩句……」

「兩句？你自己算算看幾句，一大早，也沒看人家忙成什……麼……嗚……」媽背著皮包，掉著淚走出房間，她用力地拉出一疊衛生紙，胡亂抹抹臉，對我們叫：「好了沒有？快點！都要遲到了。」

「好了啦！還不是妳和爸在吵！」大妹早坐在沙發上等得不耐煩了：「媽，早餐錢快給人家啦！都遲到了。」

「才幾分？遲到！」媽罵大妹：「就只會要錢！要錢也不會禮貌點。」

大妹嚥下口邊的一句話，嘟著嘴生氣。

大家都睡晚了，大家又忙，大家又趕時間，那天早上，就在媽發完早餐錢之後，大家作鳥獸散。

我那天也不是等閒的一天，其實我們國中生，又有哪天是等閒的一天？每天大考小考，烤得人都麻木焦黑了。那天，我早上要考英文數學，下午考物理，外加背一課國文。體育課還被數學老師借去上數學，那也就是說，他早上考完數學，下午就發考卷打人。

我們數學老師的及格標準是九十分，少一分打兩下，真衰，我考個85分，被打了十下，那每一下呀！可都是用藤條鞭的吔！他先把藤條高高舉起，再狠狠鞭打下來，手心就像被火烙到一樣，先是一陣麻癢，接著就是錐心刺骨的疼痛，那種痛法呀！臉都白了不說，屎尿都快流出來了，他還說是爲我們好咧！

整整十下，打得我面無血色、心灰意懶，考卷還得帶回家讓爸爸簽名，結果會是什麼，用膝蓋想都想得出來，當然是我被罰跪，然後爸爸和媽媽就有一場好吵，彼此指責對方教子無方。唉！想到那個雞飛狗跳的家，我那三八阿花的妹妹和愛哭包的弟弟，我就想乾脆到深山裡去躲起來當神仙算了，誰會想回那種家？

到底是從什麼時候開始的？我記憶中那爸爸泡茶、媽媽放音樂的溫馨氣氛，都不見了呢？每當我心灰意懶到想躲進深山當神仙時，我總會這樣迷惑地自問，並且，也忍不住要回憶起那段日子，我還那麼小，爸爸專注泡茶的姿態和媽媽親吻我的溫柔。

也不知道有多少次了，我心煩得想學人家翹家，翹到一個什麼地方——我也不知道——好好躲起來。可是，人家都說，翹家就是開始成為不良少年的先兆，我……我嘛，雖然不怎麼樣，但好像暫時也沒慘到要當不良少年，所以，還是乖乖地回家嘍！

果然，我才一踏進大門，就看見爸衝著正彎腰探身在冰箱前挑菜出來做晚餐的媽媽吼：「……反正，以後我的茶具就是不要擺電視上，講了多少次了，大跛追老鼠一定會追上電視頂，上次那把紫砂壺還不是這樣打破的？」

「我管你放哪！許家成，我警告你，你不許再給我買茶壺，省點！我告訴你，小晶馬上升國中了，我非替她請家教不可，大孔就是因爲沒補習，下課回來只會看電視，這下好了，三天兩頭考試不及格，我看他呀！根本就考不上高中。」

「喂！妳講話公平一點，我買茶壺可是我自己從自己的零用錢裡省下來的，我可沒動用過家用錢！補不補習根本一樣，我考大學時也沒補過習，大孔不是讀書料，就讓他上職校有什麼不好？幹嘛跟人家一窩蜂擠大學？」

「上職校？」媽「唰！」一聲回過頭來：「上職校會有什麼出息？我面子往哪擺？你沒看你大哥、二哥家，哪個孩子不準備上大學？爸和媽一天到晚嘮叨，說孩子一定都得上大學，才對得起你們許家祖宗，你沒長耳朵呀？上職校？哼！」

唉！又扯上我了。進了門，我趕快往房間裡鑽。

黑漆漆的房間裡，只點了一盞檯燈，小弟正在燈下吃力地「刻字」，他才上小學一年級，功課就已經一大堆了，媽星期天還送他上什麼兒童英語班，大概是看我沒什麼指望了，就把希望全放在大妹和小弟身上啦！

小弟看見我進來，就委屈地抬頭看我：「哥，我好累，好想睡哦！不想寫了。」

「不想寫？怎麼可以？功課沒做完明天怎麼上學？」我也無可奈何，我自己還不是功課一大堆，累得半死了，還得溫習明天要考的科目。大妹大概也在她自己房裡做功課了吧？

爸還在和媽吵：「我每天在外面和顧客、老闆周旋，工作比打仗還累，我回到家來，喝喝茶、休息一下都不可以嗎？」

「你累，我不累呀？我昨晚還不是被大跛吵醒。」媽邊哭邊打開水龍頭嘩啦嘩啦地洗菜：「我工作還不是跟打仗一樣累？我回來還得趕做家事？你就只會泡茶！」

「我是把地拖好了才泡的！」爸理直氣壯地頂回去。

我兩眼一亮，爸在泡茶看電視了，我也要去。

小弟跑得比我還快，他一頭衝出去，一不小心便撞到躺在客廳裡的大跛，大跛怒吼一聲，一爪子抓過去，小弟白嫩嫩的小腿上立刻出現四道血淋淋的抓傷，他痛得尖聲大叫，繼而驚天動地的大哭起來。

爸馬上衝過來：「怎麼這麼不小心？叫你不要碰大跛呀！」

小弟哭得聲嘶力竭，嗓子都啞了，媽也衝出來，我和大妹站在一邊看，他那幾道血痕，好像還滿深的。

「快打一一九！」爸對大妹叫。

「神經！這點小傷打什麼一一九？」媽雖然嚇得發抖，但還算理智，她叫小妹：「先去拿棉花……我們自己送醫院就可以了。小晶，順便把水關上。」

「哦！」小妹把棉花遞給媽，又趕忙跑進廚房。

媽接過棉花，用手施力按在小弟的傷口上，又對廚房大叫：「把瓦斯也關上。」

「哦！」小妹在廚房又應了一聲。

「我去叫車！」爸把錢包裝進他的運動短袖口袋，轉身要衝出門。我先他一步衝出去，「我去叫！」我說，自告奮勇地打開大門，領先衝下了樓。

小弟哇哇哇哭得像要斷氣似的。爸一把抱起小弟，媽繼續用手施力按住棉花壓住流血不止的傷口，回頭大聲叫小妹看家，就和爸匆匆地下樓出門。

爸邊留心腳步邊氣喘吁吁地步下樓梯，嘴裡罵著：「叫妳把貓送掉，妳不肯。看！這不是第一次了，上次還不是被抓成那樣子，每次……」

「許家成！」媽在小弟的尖叫哭嚎聲中大吼：「那有老鼠你自己去抓！誰叫你沒本事買棟像樣的房子？滿屋子都是老鼠你知不知道？沒有大跛日子怎麼過？再說，大跛替我們抓了一輩子的老鼠，現在老了，你忍心把牠趕走？啊？趕去哪？丟掉？」

爸沒回嘴，大概已經氣得說不出話來了。

其實，我家是棟方方正正的公寓，原木裝潢，很漂亮也很高級。只是，住久了嘛！東西越塞越多，原本時髦高級的原木材料，反而變成了老鼠的理想國了。

終於下完樓梯了，爸一出鐵門就吼我：「大孔也不把弟弟看好！」

我翻了一個大白眼，爲了不想火上添油，只能閉嘴挨罵，還得先一步衝到巷口去叫計程車。等爸和媽小心地抱著哭得滿頭汗的小弟擠進車裡，車子絕塵而去時，我還聽得見他們還在吵嘴。

我茫茫然地遠望著去的車子，想到我那張還放在書桌上，還沒交給他們簽名的考卷，唉！等他們回來，又有得吵嘍！

我很好奇，是不是大跛真的早已把牠的壞脾氣傳給了我們全家，要不然我家又沒有什麼父母離婚呀！小孩逃家呀！各種悲劇，爲什麼還是一天到晚吵個不停呢？我忽然覺得，其實我們每天的戰爭都比大跛多出了好幾場。這麼說來，到底是大跛天天和老鼠作戰，練就一身兇爆傳給我們，還是我們天天和家人作戰，練就一身兇爆傳給大跛呢？
我也迷糊了。

3

離別的滋味

在我所有的回憶中，有一個回憶，是最令我難忘的，那個發生在秋天涼風裡的故事，至今我還能清楚地感受到那份傷心和悲愁，並以五歲小女孩的心靈，去懂得了什麼叫「別離」，那時的我，曾爲此而差點哭乾了眼淚。

然而，在我擦乾眼淚，懂得了「別離」是什麼之後，那段日子，便因此而永遠留在我心中，成了我的回憶，而我們共同相處的短短幾日的甜蜜，也成了這個回憶中，最美麗的一部分。

尤其到了現在，距離事情發生後這麼多年的現在，我已經由五歲長大到十二歲多了，今年就要升上國中，成爲一個中學生了，在生活的考驗下，也更懂事了，再回憶起五歲秋天裡的那個故事時，悲傷已完完全全地消失不見，剩下的，是帶著淡淡憂愁的溫馨、甜美的回憶，在每個感情挫折的日子裡鼓舞著我，讓我懂得把一份份帶著淚水的友情、親情，化作一個個永恆的懷念、永遠的記憶，它帶著淡淡的憂愁，卻是那樣溫暖和甜蜜。

那年我五歲，和爸爸媽媽住在關山小鎮，而阿公阿媽、外公外婆和其他親戚都住在別的地方。因爲我沒有兄弟姊妹，所以每天爸爸到學校教書後，就只剩媽媽在家裡照顧我和做裁縫。雖然有很多鄰居孩子和我一起玩，但我還是不免羨慕人家有許多兄弟姊妹和一隻和氣的大狗狗陪伴。

我常常這麼想，我不太可能去向媽媽要個弟弟或妹妹，這總讓我感到不可能這麼容易就得到。但是，要一隻大狗來陪伴我，就讓我覺得並不是不可能的事。

尤其是到了黃昏時候，該洗澡吃晚飯了，就有很多媽媽到房子外面大聲地呼喚。

「阿青啊——！阿雄啊——！蘭仔啊——！還不回來呷飯啊——！把來富順便叫回來啊——！」

小孩子們就「哦——！」拉長了聲音答應，然後一邊往回家路上跑，一邊喊叫大狗：

「來富！回家吃飯，媽在叫了，快！」

大狗各自跟上各自的主人，汪汪叫著，一路小跑、跳躍，和小主人們一路玩回家。

我懷著無限心事，望著離去的小孩們和狗。

狗，因此總讓我感到那樣的親切、溫和，彷彿望你一眼，就能徹底地了解你的心事。

我越來越想要一隻狗了。

有一天下午，我和一群小孩從廟口瘋到小學後面的大水溝，玩得天昏地暗，當我們懂得要抬頭看天色時，太陽已經快要下山，連小鳥都已經回到樹林裡的家了。

我們不安地望著西山頭的餘暉，快步趕回家，狗兒們跟在後面，也在水溝裡玩得一身濕淋淋，一邊小跑步地跟在我們屁股後，一邊搖著身子抖掉水。

我們互相道別後，各自走進各自家門，我還沒走到家門口，就在家旁邊，通往臭水溝和鐵路的小路上，發現了一隻毛色骯髒的動物，靜靜趴在地上，聽見我的腳步聲走近，就抬起頭來，凝眸注視著我。

我停下腳步，也望著牠，發現，是一隻狗。

我走過去，蹲在牠面前，牠開始搖尾巴，喉嚨裡發出細細的嗚咽聲。

「牠餓了，牠沒有家。」

我第一個念頭就是這麼想，我深深地望進牠的眼睛裡，牠眼裡的渴望表示了牠沒有騙我。

我的心臟開始怦怦跳了。

「你餓了，對不對？」我側頭望望牠瘦巴巴的胸骨，輕聲問牠。

牠又嗚咽地搖搖尾巴。

可憐的狗，不知道牠流浪多久了？餓了多久了？

「英！英！回來吃飯了。」

媽媽從家裡走出來，站在門口叫我。

我知道媽媽沒看見我在小路裡，我就試著對狗兒笑笑，對牠招招手：

「來！來！」

我站起來，朝路口走，繼續對牠招手：「來來！來來！回家吃飯。」

牠搖著尾巴，坐了起來，張大了嘴「呵！呵！」地從喉嚨呼出氣來，這表示狗兒很開心。

我繼續對牠招手，牠就乖乖地跟著我走了。

我高興地笑出聲來，領著牠回家。

媽媽驚訝的看著我和狗。

我笑嘻嘻地說：「媽，狗！」

「妳哪裡找來的野狗？」媽媽很擔心：「會咬妳喔！」

「不會吔！媽媽。」我開心地回頭拍拍牠的頭：「牠很乖，是我的狗。」

「不要摸！」媽媽又叫：「髒死了。」

「不髒啊！」我又摸摸牠。

「別再摸了！」媽媽急忙走過來拉開我的手：「髒死了，妳看，白毛都快變黑毛了。」

「洗澡就好了。」我建議。

媽媽猶豫地看著這隻大狗，牠都快比我高了，媽媽當然知道該替狗洗澡的，一定不是我也一定不是她自己，而是爸爸。

「媽媽，我要狗。」我噘著嘴、垂著臉，翻著眼睛望著她：「牠餓了，有很久沒有吃飯。」

「妳怎麼知道？」媽媽笑出來。

「牠很瘦啊！媽媽。」

媽媽嘆口氣：「妳會弄飯給牠吃嗎？」

「會！會！」我興高采烈起來：「我會！裝一碗飯，再澆一些菜湯，放一點肉和骨頭，我看過阿雄仔他們弄吔！我會！」

我很聰明地指指鄰居家。

於是，在爸爸媽媽上桌前，我已經調好了一碗飯，把牠餵飽了。

牠在吃飯時，我就蹲在牠面前，很滿足地看著牠吃得津津有味。牠每吃幾口，就感激抬頭望我一眼，我就趕緊對牠笑一笑。我知道，牠已經是我的朋友了，而且，也會住我家裡。

吃飯時，媽媽對爸爸說：「英撿了一條狗回來。」

「我看見了，」爸爸回答：「在門口吃飯。」

「英說要留牠下來。」媽媽又說。

爸爸笑了一下，看著我，我哀求地望著他。

「爸爸，我要狗，牠會和我玩。」

爸爸在他那五歲的小女兒眼神中，看見了獨生女的寂寞，就點點頭，答應了。

我高興得不得了，一整頓飯，我都在嘻嘻哈哈地傻笑。

吃過晚餐後，天快黑了，風涼涼地，爸爸換上背心和短褲，就在門口的水溝裡，用歐巴桑洗衣服的粗肥皂，替大狗洗了一場澡。

洗過澡後，大狗搖搖身子，抖一抖水，甩得我們一家三口滿身濕，大家都哈哈笑。

牠變回了原來的白色，在晚風中晾乾後，看起來舒爽漂亮，連媽媽也讚美了幾句。

我帶著牠，去找鄰居的小孩玩，把我的狗現給大家看，大家放下遊戲，都來看狗。

「誰的？」

「我的。」

「啊！好白，毛很長。」

「對，很漂亮。」

「哪裡來的？」

「沒有人的，我撿到的。」

「……明天，我也要去撿。」

我點點頭贊成，祝福他們都能撿到這麼好的狗。

九點了，該回家睡覺了，我領著我的狗回去，媽媽就在客廳一角的泥地上，鋪了一塊摺疊好的布袋，當作是牠的床。

牠乖乖地趴在屬於牠的地方，我就蹲在牠面前，希望能看牠睡著。

我痴痴地望著牠，牠一下子就睜開一次眼、一下子又睜開一次眼，牠睜開眼時，黑黑的眼珠子朝我一溜，搖著尾巴在泥地上「啪答！啪答！」打兩下，然後，又閉上眼睡。

爸爸也走過來看，媽媽跟著也來了。

「牠睡覺的姿勢很好。」爸爸說，看著牠靜靜地趴在地上，一雙前腳整齊地並攏在前面，下巴就擱在前腳上：「不像流浪的野狗。」

媽媽含笑地點點頭。

「該去睡了。」爸爸勸我：「很晚了。」

「妳在這裡一直看牠，狗狗會睡不著。」媽媽說。

我點點頭，乖乖上床睡，我可不想讓狗狗睡不著。

我不知道狗狗睡著了沒有，可是，我睡不著，我一直擔心，狗狗不知道睡著了沒有。

於是，我爬起來，小心地走進只點著小燈的客廳，我一走進客廳，狗狗馬上抬起頭來，看見是我，就張開嘴，搖搖尾巴，牠很高興再看到我。

我走過去，在牠面前蹲下來，用手掌輕輕拍拍牠的頭，又輕輕按了一下。

「睡覺。」我壓低著嗓子噓聲說：「快睡覺。」

牠從喉嚨發出被寵愛的撒嬌聲，嗚嗚地低嗚，然後，趴下去。

「閉上眼睛！」我又低聲說。

牠就真的閉上眼睛了。

我看了牠好一會兒，牠閉上眼睛，一會兒，又睜開眼睛看我，然後，再閉上眼睛睡，一會兒，又睜開眼睛看我。

看了好久，我睏了，就摸黑回到床上睡，希望能和平常一樣，一下子就睡著了，一覺到天亮。

可是，事實上那天晚上，我一共偷偷起了四次床，都是去看我的大狗狗睡了沒有。

第二天，我陪著牠一起吃早餐，又帶牠一起去玩，我們在中學校園玩時，牠就和別的大狗玩。黃昏，我和別的孩子一樣，大聲吆喝著牠，讓牠用小跑步跟在身邊，一路玩回家。

我一整天都在笑，媽媽說，英真是玩瘋了，看她笑成那樣子。

晚上，我又偷偷地起床看牠睡覺。

媽媽終於發現我沒睡覺了，她起床去尿尿，很驚訝地發現我蹲在狗狗面前，用手掌撫摸著牠的頭，輕聲地和牠講話。

「英，怎麼不睡覺？」媽媽滿面狐疑地走過來，低聲地問我，怕把爸爸吵醒了。

「我在看狗狗睡了沒有。」我也低聲回答。

「妳這樣看牠，狗狗會睡不著啦！」媽媽說。

「好嘛。」

我依依不捨地站起來，讓媽媽牽著我的手，重新回到床上去。

大概媽媽感覺到我一定不會就這麼乖乖地睡了吧？當她不放心地起床看我時，果然在客廳黯淡的小夜燈下，又發現我蹲在狗狗面前，正用手掌輕輕撫摸著牠，要牠好好的睡。

「英！」媽媽沙啞著嗓子，低聲吼我：「再不去睡，媽媽明天就把狗狗送走嘍！」

「不要！不要！」我著急了。

「那就快上床去睡！」

「好！好！」

我急急忙忙地往房間跑，手腳俐落地往床上爬。

「真是的！」媽媽跟著爬上鋪著榻榻米的大通鋪：「大概昨天晚上也是這樣，對不對？」

我不敢說話，緊緊閉上眼睛，假裝馬上就睡著了，而媽媽再也不放心，一直守在我身邊。

我把眼睛閉得很緊，躺在床上，動也不敢動，怕媽媽真的把狗狗給送走，可是，我腦海裡、心頭上，卻都佔滿了狗狗的身影，牠就睡在客廳泥地的布袋上。

唉！雖然只是客廳到房間的距離，我怎麼覺得好像隔得好遠、好遠，遠得教我都害相思病了呢？

第三天一大早，牠就顯得很不安了，跟著我出去玩時，我叫牠，牠不肯過來，只遠遠地站著看我，叫得我不耐煩了，只好親自跑過去抓牠的毛，要牠跟我走。

中午回來吃飯時，牠倒也肯吃。

黃昏從外面瘋回家時，牠就一直徘徊在大門口，嗚嗚地低鳴。

「狗狗，你怎麼了？」我擔心地摸著牠的頭。

牠汪汪地叫了兩聲，停在大門口。

「英，來洗澡了！」媽媽在廚房叫我。

「來了！」我回身回答。

我用手掌一把抓住牠頸子上的毛，把牠抓進客廳，安置在牠的布袋上，看著牠安靜地趴下去，我才放心準備去洗澡。

「英啊——！洗澡啦——！」媽又在叫了。

「來了啦——！」我一邊大聲回答、一邊跑進去。

洗過澡後，我匆忙地伸出頭看了一下客廳角落，狗狗不在布袋上，我趕緊跑出來，原來牠站在大門口，聽見我的腳步聲，就回頭看看我，還搖搖尾巴。

我又匆忙地跑回廚房，替牠拌了一份裝在大碗公裡的晚餐。

我用雙手端著晚餐出來時，牠已經不在了。

「狗狗，」我端著大碗公屋前屋後地繞著找牠、喊牠：「狗狗，吃飯了！狗狗，你在哪裡？狗狗！狗狗。」

我在家裡找不到牠，就連忙跑出大門外，還是沒見到牠，我匆匆走到屋子邊的小路，看見牠正站在路那頭，路的那頭，宋家大房子再過去，就是小樹林了，穿過樹林，有條臭水溝，溝上一塊木板橋，走過橋，穿過農家，就是鐵路了，那兒，有長長的鐵路，寬廣的稻田在陣陣的野風中搖擺，一望無際，使人感到好像一走進去那個地域，就再也找不到回家的路了。

不行！狗狗不可以去那裡，媽媽說去了那裡，就會找不到回家的路了，那邊，是很遠的地方。

「狗狗！回來！」我大聲喚牠。

牠回頭看了我一眼，停了一下，又向前走。

「狗狗，回來，吃飯！」我高高舉起手裡裝滿菜飯的大碗公。

「狗狗！回來吃飯！快回來！嘖嘖嘖！」我吃力地用一手端住大碗公，

伸出一手，學大人叫小動物那樣，朝牠蠕動我的小手指，口裡發出嘖嘖的引誘聲。

牠回過身，站著遙望著我，頭抬得又挺又直，但一動也不動。

天已經昏黑了，天邊只剩一點點金紅的餘霞，小樹林那邊一片陰沉沉，我不敢過去，也不要狗狗去那麼可怕的地方。

「狗狗，回來！吃飯！很好吃哦！」我還是大聲地呼喚牠，盡我雙手的力量，把碗公直直地朝前端著：「很好吃吔！有肉肉哦！」

狗狗定定地望著我，好一會兒，牠都沒動，最後，牠回過身去，一步一步地朝小樹林走去。

「狗狗！狗狗！回來！」牠的身影就要沒入黑黑的小樹林了，我急得哭出來：「狗狗！回來！回來！嗚……狗狗！不要走！回來——回來——！」

牠一步一步往前走，頭也不再回一下了。

我端著大碗公，蹲了下去，嗚嗚地哭起來，眼淚一串串地掉落：「狗狗……嗚……狗狗回來……狗狗回來……不要走，嗚……回來吃飯……」

狗狗終於走進了小樹林，黑沉沉的陰影吞沒了牠，我孤單地端著大碗公，蹲在黃昏的小路口哭。

「狗狗……嗚……狗狗回來……嗚……」我喃喃在小聲叫著，一邊還哭。

離別的滋味

媽媽不知道什麼時候來了，她彎腰看著我，又蹲下來，替我擦眼淚。

「英……」媽媽叫我。

我哭著，痴痴地望著小路那頭的小樹林：「狗狗走了……嗚……媽媽……狗狗走了……嗚……」

媽媽陪著我，讓我望著小樹林哭了好久，才牽著我的手，帶我回家吃飯。

家裡燈早已點得很亮了，爸爸也回來了，在等我和媽媽回來吃飯。

爸爸看著我，我故意不看他，不想讓別人看到我爲了狗狗哭的眼淚。

到了晚上，媽媽叫我上床睡，我回頭望著狗狗睡過的布袋，眼眶一下子就濕紅起來，我跑上床，倒在我的睡鋪上，趴在枕頭上哭，哭了好久，才和眼淚一起睡著了。

在臨睡著前的一絲絲清醒裡，我模糊地聽見媽媽和爸爸在我睡的榻榻米大通鋪前說話。

「……睡著了沒有？」

「……還在哭……」

「……哭著睡著了？」

「大概快睡著了，還在抽泣……」

媽媽輕輕地上了通鋪，輕輕地過來看看我，我就睡著了。

第二天一早，天才濛濛亮，我自己爬了起來，自己開了大門，跑出去，在清晨潮濕的空氣裡，蹲在小路口，希望能看到狗狗回來，也許，牠只是去玩一玩，牠會想回來的，家裡不是有好臥鋪、好三餐給牠吃嗎？

「狗狗！回來！……」我一聲聲地呼喚：「狗狗！回來！快點！回來吃飯……」

狗狗一直沒再出現，只有我自己，蹲在小路口哭。

「狗狗……狗狗……嗚……」

媽媽睡眼矇矓地出來了，她看著我，陪了我一下子，再牽著哭泣的我回家。

停。

中午，下了一場大雷雨，滂沱大雨中，雷聲轟隆隆地響，電光還閃個不停。

我心焦如焚地在家裡走來走去，我的狗狗，我的狗狗在淋雨啊！

趁著媽媽去尿尿，我抓了一把大傘就開了門，衝進大雨中。「狗狗！狗狗！」我努力撐著大黑傘，走上小路，往小樹林走：「狗狗！回來！回來！」

我伸長頸子朝迷濛的雨中張望，但我什麼也看不見，於是，我克制著心理的恐懼，一步一步進入小樹林。

「狗狗！回來！狗狗！回來！」我一邊找尋，一邊呼喚，可是，大雨把我的聲音都壓過去了。

我還沒走到小樹林深處，媽媽就冒雨衝出來，一把把我撈回去了。

媽媽把我帶回家，本來很生氣，可是看見我哭得淚眼模糊的一張臉，她只能嘆一口氣，去拿濕毛巾來幫我擦臉。然後，媽媽把我哄上床，拍著我哄我睡午覺，我一直哭，滿心都是擔心狗狗會淋雨的疼痛，然後，睡著了。

黃昏，我醒來時，雨停了，我趕緊起床，偷偷溜出去，一走出大門，就沒命地往小樹林跑。

我走進小樹林，樹蔭沉沉地壓在我的頭頂上，我有點怕，鼓著勇氣小聲叫：「狗狗！回來！狗狗，狗狗！回來……」

我叫得很小心，怕驚醒不知道躲在哪裡的魔鬼。

我邊叫邊走，已經穿出小樹林了，還是沒找到狗狗的影子。

我走過臭水溝的小橋，在農家附近，看見一隻在濕草裡蠕動的動物。

我的眼睛一轉也不轉地望著草叢裡的動物，牠細聲地嗚嗚叫，明明就是一隻小狗狗。

我驚喜地蹲下來，用手去摸牠。

「小狗狗。」我叫牠，用手指摸摸牠的嘴，牠就利用小牙齒咬咬我的手指頭。

我抹乾眼淚，笑出聲來。

媽媽匆匆忙忙地一路叫著我的名字趕過來。

「英啊——！妳……」媽媽看見我轉過頭看她的笑臉，臉上的淚還沒完全乾哪！

「媽媽，小狗狗！」我在憂傷中，感到一絲絲新的溫暖，慢慢流進我的心裡。

媽媽嘆了一口氣，把我連人帶狗一起帶回家。

回到家，媽媽給我一塊破布，讓我把小狗狗擦乾，她又爲我替小狗狗熬稀飯。

小狗狗在我懷裡嗚嗚地叫。

「媽媽，小狗狗餓了。」我朝廚房叫。

「稀飯快好了。」媽媽在廚房回答。

不一會兒，媽媽的稀飯熬好了，媽媽就濾出汁來，用小碗裝著，吹涼了，放在地上，讓小狗狗自己吃。

小狗狗啪啦！啪啦！吃得好快呀！

我眼睛又濕了，大狗狗呢？牠冷嗎？餓嗎？

我抬起淚眼望著陪我蹲在一邊的媽媽。

「媽……媽，大狗狗……」我的嘴唇顫抖著，眼淚掉下來。

媽媽摟著我，拍拍我，用她的臉頰依偎著我。

爸爸下班回來了，看見新的小狗狗，嚇了一跳，媽媽就告訴他，是我新撿回來的。

爸爸蹲下來摸摸小狗狗，自言自語說：「拜託你住久一點好嗎？不然我們家英仔又要傷心了。」

媽媽笑出來。

第二天，我抱著小狗狗出去玩，小狗狗又柔軟又溫暖，抱在懷裡好舒服啊！

鄰居的小孩都快羨慕死了。

「啊！英！妳的狗！換一隻了？」

「對！」

「哪裡來的？」

「撿來的。」

「啊！好好運喔！那隻大狗呢？」

「……走了。」

「啊？好可惜喔。」

我點點頭，心頭依然憂傷，大狗狗會回來嗎？

小孩子們要求輪流抱小狗狗，我很大方地答應了，讓每個人輪流抱牠。玩遊戲時，就讓牠坐在大樹下，大樹有矮水泥牆圍著，牠在牆裡玩，不會亂跑，別的大狗也會跳進去和牠玩一玩，再跳出來跑一跑。

晚上，媽媽只准我把小狗安置在布袋上爲止，等小狗趴好後，媽媽就把我逼上床，親自拍著我，把我哄睡。

第二天，一大早我就起床了，馬上跳下床去看我的小狗。

我小聲的叫：「小狗狗，起床了！小狗狗。」

小狗狗趴在布袋上，一動也不動，我用手摸摸牠，牠已經變成又冷又硬了。

我大吃一驚：「媽！媽！」

媽媽從房間裡出來，頭髮亂亂地，眼睛瞇瞇地，打了一個大哈欠。

「怎麼了，英？」

我指指小狗狗，快哭了。

媽媽走過來，摸了一下小狗狗，嘆了一口氣，轉身大聲叫：「建明！建明！快起來。」

過了一會兒，爸爸也來了，他的頭髮也亂亂地、眼睛瞇瞇地，也打了一個大哈欠。

「怎麼了？」他皺皺眉，問。

媽媽指指小狗狗。

爸爸過來，蹲下，摸摸小狗狗，搖一搖頭。

「死了？」媽媽問。

「死了。」爸爸回答。

我定定地望著小狗狗，怎麼可能？怎麼可能？小狗狗死了？我感覺到我的心劇烈地疼痛了起來，我又哭了。

「不哭！不哭！」爸爸抱起我，讓我趴在他肩頭：「乖！英乖，不哭！不哭！」

「小狗狗……嗚……小狗狗死了……嗚……」我緊緊抓著爸爸的肩，覺得連哭都還無法發洩我的傷心。

爸爸和媽媽輪流安慰我，也無法止住我悲痛的哭泣。爸爸就在他上班之前，陪著我把小狗埋在小樹林，媽媽還向我保證，小狗狗一定會去快樂天堂，不會吃一丁點的苦的。

可是，連著好多天，我都不肯和別的小孩玩，每天到小樹林去哭我的小狗狗，找我的大狗狗。

爸爸媽媽只能心疼地望著我，不能說什麼。

一直過了好幾天後，我才好一點了，願意再和別的小孩子玩了，他們就問我：

「妳的小狗狗呢？」

「死掉了，去快樂天堂了。」

「啊！好可惜，妳沒有狗狗了。」

我想了一下，回答：「有，在裡面，用想的。」我指指我的心。

「妳想念妳的狗哦？」

「對。」

是的，我每天晚上吃晚飯時，開始喜歡把飯端到大門口，坐在小椅子上吃，一邊吃、一邊想著我的大狗狗和小狗狗，想著我第一次見到牠們的情形，想著我帶著牠們出去玩的情形，想著我們一起吃飯的情形。而我對牠們的想念，使得這些回憶變成更溫馨、更甜蜜。

慢慢地，我的心，不再悲傷、疼痛，甜蜜的回憶，使悲傷和疼痛化作了溫柔，一直到我長大，我都還能用這份溫柔，去疼愛所有的狗狗、所有的朋友。

今年，爸爸說，為了他想在教育的學術上有所突破，他可能接受已考上的公費留學，到外國進修兩年，但由於錢很少，所以不能帶媽媽和我去。媽媽一聽，眼睛一紅，眼淚就要掉下來了，可是我沒有那樣，我已經了解過什麼叫做「離別」了，離別不是失落，而是另一種感情的開始，這種感情就叫「懷念」或「思念」或「回憶」。

我只用很親愛的語氣對爸爸說：「爸爸，我會很想念你。」

爸爸親親我：「爸爸也會想念妳們。」

我真的沒有哭。

——選自皇冠出版《雨天裡有一隻貓》

4

雨天裡有一隻貓

冬天，一個星期六的中午，下著小雨。

小琪坐在送他們回家的娃娃車上，和全車的幼稚園小朋友一起吼著唱：

淅瀝淅瀝　嘩啦嘩啦　雨下來了
我的媽媽　來了來了　打著一把傘
淅瀝淅瀝　嘩啦嘩啦　啦啦啦啦！
媽媽媽媽　妳看那邊　一位小朋友
衣服濕了　沒有雨傘　躲在樹下哭
淅瀝淅瀝　嘩啦嘩啦　啦啦啦啦！
媽媽媽媽　我把雨傘　借給他用吧
小朋友呀　快來快來　躲在雨傘下
淅瀝淅瀝　嘩啦嘩啦　啦啦啦啦！
……

他們一邊唱還一邊拍著手，吵得司機伯伯說，他都快聽不見自己和隨車老師的說話聲了。

車子停在小琪家的巷口，媽媽就打著傘等在那兒。小琪下了車，和大家道了再見，就讓媽媽牽著她，走進巷子裡，回家去。

那隻小貓咪還在那裡，坐在人家家門口，嗚喵！嗚喵地叫著，那種傷心的哭聲，好像在哀求什麼似地。

已經好幾天了，那隻小貓咪輪流蹲在每一家的門口，嗚喵嗚喵地叫個不停。

小琪每次都好奇地瞪大眼睛看牠，腳步也慢了下來。

「媽媽……」小琪開口。

媽媽匆匆忙忙地拉著她：「快走！快走！媽媽的湯還在瓦斯爐上煮著呢！」

「可是，媽媽……」小琪經過小貓咪身邊時，想蹲下去看看牠。

「不要摸！髒死了！」媽媽大聲阻止：「快走！」

小琪被媽媽拖著快步走，她邊走邊回頭，盯著小貓咪直看。

「奇怪，爲什麼小貓咪要在人家家門口哭呢？」

媽媽掏出鎖匙開大門時，小琪還在看小貓咪，就這樣問媽媽。

「大概餓了吧！小琪，媽媽警告妳，不准去摸小貓咪，那是野貓，很髒，搞不好還有傳染病，妳去摸牠妳自己也會生病！」

媽媽開了大門，拖著小琪上樓去，她們住三樓。

「媽媽，妳剛才說，小貓咪餓了？」

「對呀！誰像小琪這麼好命，每天吃得飽飽地，還要吵吵鬧鬧，不乖，小琪看野貓可不可憐？妳以後要不要乖一點？不然，以後妳就會跟小野貓……」

媽媽開了她家大門，就匆匆往廚房跑：「不知道湯煮乾沒哦……」

小琪一踏進家裡，就看見哥哥小東坐在地板上畫圖，用的是她的彩色筆。

她馬上尖叫：「媽媽！哥哥用人家的彩色筆！哥哥用人家的彩色筆！還

我！還我！」

她一把丟掉她的新小熊背包，衝過去搶筆。

「借我用一下又不會死！」小東從地板上爬起身來對小琪吼。

「不要！不要！」小琪一把搶過去：「不可以用我的彩色筆！還我！」

小琪搶了筆盒就要跑，小東也生氣了，爬起來就追，又一把搶了回來，小琪就死命抱著筆盒一端不放。

「媽媽！」小琪快搶不過哥哥了，就哭叫起來：「媽媽，妳看哥哥啦！」

「借我一下有什麼關係！」小東生氣地嚷，他最恨小琪的小氣了。

「小琪！小東！不許吵架！來洗手吃飯了。」媽媽在廚房裡大聲回答。

「不要不要！媽媽！我不要哥哥用我的彩色筆！」

兩個人死命拉著筆盒兩端，嘰嘰呱呱地吵個不停。

「好了啦！」媽媽受不了了，從廚房吼出來：「小東！把筆還妹妹。」

「那我的圖畫書還我！」小東不服氣地對小琪嚷。

「不要！」小琪爭得滿臉脹紅，開始哭了：「還人家的彩色筆！還人家……嗚……」

「小——東！」

媽媽生氣地從廚房快步走出來，從地板上拾起一隻拖鞋，真的要打人了。

小東就故意用力一拉筆盒，再突然放手，小琪一個重心不穩，就向後跌個坐屁股，痛得她真的哇哇大哭起來。

「活、該！」

小東對小琪吐一下舌頭，一溜煙跑進房裡，「碰！」一聲鎖上房門。

「小東！別跑！快吃飯了。」媽媽丟下拖鞋，又走回廚房。

「爸爸還沒回來。」小東在房裡回答。

「爸爸今天加班，晚一點才回來，快出來吃飯。」媽媽在廚房裡回答。

小琪還坐在地板上生氣耍賴。

「媽媽……嗚……哥哥打人家啦！嗚……哥哥打人家啦！嗚……」

媽媽開始上菜了，她先把飯菜都端上餐桌後，再走出客廳收拾地板。

「每天就是吵！吵！吵死人了你們知不知道！這麼多玩具，就偏偏要搶同一樣。每天都一樣，搞得亂七八糟！哪天我生氣了，就把玩具全部丟掉！看你們還吵不吵！小東——！出來吃飯！小琪，不許再哭了！去浴室洗把臉，吃飯了！」

「嗚……不要！」

小琪用力把懷中的筆盒往前一丟，「嘩啦！」一聲，彩色筆散得滿地都是。

「小琪！」

媽媽怒喝一聲，一把把小琪從地板上拖起來，拾起一隻拖鞋，狠狠地揍了她幾下屁股，小琪哇哇地哭得驚天動地。

「不許哭！」

媽媽怒喝一聲，拖著她到浴室洗臉。

小東開了房門，站在門口大笑。

吃飯時，小琪垮著臉、紅著眼，一邊抽泣一邊扒飯，她已經很餓了，不等媽媽催她，她就自動吃得很快。

三個人都不說話，靜靜地吃飯，小貓咪嗚喵！嗚喵的哭泣聲又飄呀飄地傳進了她家。

「媽媽……小貓咪還在哭吔！」小琪抬起紅紅的眼睛望著媽媽，抽泣地說。

媽媽替小琪抹抹眼睛，回答她：「對呀！小貓咪沒有媽媽，也沒有爸爸，也沒有家，所以沒有飯吃，牠餓了，自己一個人在哭。」

小琪想到哥哥借她的圖畫書裡，有一隻小貓咪，那是一隻幸福的小貓咪，頸子上結了一條紅絲帶，在舔牛奶。

她又問：「媽媽，小貓咪是不是喜歡喝牛奶？」

「小貓咪喜歡魚——！」小東提醒她說。

「對，小貓咪喜歡魚，但也喜歡牛奶。」

媽媽邊回答邊替小東和小琪夾了一大塊肉。

「媽媽，小貓咪好可憐，我們給牠牛奶喝好不好？」小琪問。

「這……要問爸爸。」媽媽吃著飯回答。

「爲什麼？」小東問。

「因爲如果我們給牠牛奶喝，牠就會跑來我們家，住著不肯走。」

「那我們就養牠呀！」小東興奮地回答。

「不行！」媽媽搖搖頭：「公寓房子不能養貓，沒地方養牠，而且，……反正，很麻煩。」

「那小貓咪會餓死！」小琪重重地說。

「不會。」媽媽回答：「牠會自己找東西吃。」

小琪心裡覺得好可惜，要不然，他們就可以和圖畫書上畫的那樣，有一隻幸福的小貓咪，在舔牛奶吃，而且，小貓咪就不會哭得那麼傷心了。

午飯後，因爲天氣冷，小東小琪就一起被媽媽送上床去睡午覺，他們共用一間房間。

小琪一邊聽著小貓咪嗚喵！嗚喵的哭聲，一邊就慢慢睡著了。

小琪做了一個夢，夢裡，她和小貓咪一起坐在大門外說話。

「小貓咪，你是不是餓了？爲什麼哭個不停呢？」小琪問小貓咪。

冷風夾著冷雨吹著小貓咪骯髒的毛，小貓咪傷心地回答：「我已經一個星期沒有東西吃了，我好餓呀！」

「小貓咪，你的家在哪裡？」

「我是可憐的小野貓，我沒有家。」小貓咪垂下頭去，輕輕地回答。

「你沒有家？那你的爸爸媽媽呢？」

「我也沒有爸爸媽媽，我生下來就是小野貓，爸爸媽媽一定也是大野貓，牠們……也不知道哪裡去了。妳知不知道？野貓很命苦，很可憐的，常常不是餓死，就是被車子撞死，而且，牠們只能在垃圾堆裡找東西吃，所以，也可能吃壞東西而病死，我的爸爸媽媽……說不定早就死掉了……」

「啊？……」小琪不敢相信，一個可憐的野貓小孩，什麼都沒有，連爸爸媽媽也沒有：「那……那你有什麼呢？有沒有……哥哥？牛奶？彩色筆？還是圖畫書？」

小野貓搖搖頭，眼淚掉下來。

「我有……」小琪喃喃自語：「很多很多圖畫書、玩具、彩色筆……還有爸爸、媽媽和哥哥……」

小琪低下頭去，想了一會兒，很快抬起頭來：「小野貓，你要不要喝牛奶？」

小野貓兩眼一亮：「牛奶？好哇！我好想喝牛奶，小琪，妳有牛奶嗎？」

小琪點點頭，很快地回身往家裡跑去，她匆匆爬上樓梯，卻一不小心，跌了下來，她大叫一聲，醒了。

小琪從床上坐起來，揉揉眼睛，窗外，小野貓依然嗚咪！嗚咪地哭著，天有點暗了，雨絲在黃昏的寒風中飄落著。

小琪悄悄地下了床，望了一眼還在熟睡的哥哥，就踮著腳尖，走出房間，走進客廳。

她聽了一下，媽媽在她房裡，靜悄悄地，大概也還在熟睡吧？

小琪很快地溜進廚房，打開冰箱，拿出一盒小盒的鮮奶，又很快地走進客廳，打開大門，光著腳朝樓下跑。

跑到樓下公寓大門時，她開不了那個又重又緊的大門鎖，急得汗都出來了，耳邊盡是小野貓一聲比一聲悲傷的嗚咪聲。

小琪正急得團團轉時，鎖孔裡傳來開門聲，小琪連忙閃開，大門很快「啪！」一聲開了，進來的是住在二樓的叔叔。

「咦？小琪，妳怎麼一個人在這裡？」叔叔驚訝地看著她，準備帶她上樓回她家。

小琪很快地把雙手藏在背後：「我在等爸爸，爸爸快回來了。」

叔叔笑了笑，摸摸她的頭：「好乖。」

說完，叔叔上樓去了。

叔叔忘了關門！

小琪大喜，很快地溜出了大門。

門外好冷呀！小琪縮縮頸子，小光腳一下子就凍成紫色。她朝朝兩邊望望，小野貓就在不遠的別人家門口前，嗚咪！嗚咪地哭著。

小琪跑過去，蹲在小野貓面前，就像在夢中一樣。

「小貓咪，不要哭，我要給你牛奶喝。」小琪溫柔地摸摸小野貓的頭。

小野貓緊張地縮縮頭，但卻抽動著鼻子，聞著小琪手中的牛奶盒，叫了一聲：「喵！」

「等一下，別急，這牛奶是給你的。」

小琪用力地撕開紙盒，小心地把牛奶放在地上。

小野貓嗅了一下，就毫不猶豫地開始埋頭大吃起來，牠「叭啦！叭啦！」

地大聲舔著牛奶，瘦瘦的小身子在寒風中顫抖。

小琪出神地望著小野貓舔牛奶，她從來沒有看過誰喝牛奶喝成這樣，好像一輩子都沒喝過牛奶似的。

小琪沒有感覺到，她自己那小小的身子，也在寒風中發抖著。細細的牛毛雨漸漸變粗了些，冷冷地打在房子上、地上、小貓咪和小琪身上。

小琪把身子縮成一團，還是那麼被小野貓舔牛奶的模樣吸引著。

一雙大大的黑皮鞋走近小琪，一個吃驚洪亮的聲音在小琪頭頂上響起：「小琪！妳……妳怎麼在這裡？」

小琪嚇一跳，抬起頭來一看，原來是她爸爸！

小琪一看見是爸爸，眼光馬上就變成倔強。

「妳在幹什麼呢？小琪？怎麼凍成這樣？」爸爸有點不知所措：「快跟爸爸回家。」

爸爸伸手去牽小琪。

「不要！不要！」小琪甩開爸爸的手。

「妳會感冒的！快回家！」

爸爸把公事包放在地上，伸手去抱小琪，小琪扭來扭去地掙扎，不肯讓爸爸抱。

爸爸沒辦法，只好蹲下來：「小琪……這是誰的貓？媽媽呢？」

爸爸才問完，不遠處傳來一聲尖叫：「小琪！小琪！妳在哪裡？」

媽媽衝出公寓大門，看見了蹲在地上的小琪、爸爸和還在舔牛奶的小野貓。

媽媽連奔帶跑地衝過來：「老天爺！小琪！還有你！你們兩個怎麼在這哩？你什麼時候下班的？小琪，妳什麼時候醒來的？妳要把媽媽急死呀？我去叫他們起床，才看見小琪不見了，客廳的大門還是開的，差點嚇死我了，你們怎麼會在這裡的？」

「我下班回來，經過這裡，就看見小琪和貓蹲在這裡，我要帶她回去，她不肯，我怎麼知道怎麼回事？」爸爸站起來，回答。

媽媽吁了一口氣，雙手扠在腰上，看著小琪，小琪倔強地不肯看他們兩人，只依在小野貓身邊，看著小野貓滿足地舔牛奶。

媽媽就把中午小琪放學問起小野貓的事告訴爸爸，講完，兩人都不說話，只皺著眉看著蹲在地上的那一對。

爸爸蹲下來，溫柔地對著小琪說：「小琪，爸爸知道妳很可憐小貓咪，可是，妳已經餵過牠啦！也該回家了，妳看，頭髮濕了，妳會生病的。」

爸爸摸小琪微微濕了的頭髮。

「不要！」小琪閃開：「小貓咪也濕了，牠也會生病啊！」

「可是小貓咪是小野貓，小琪不是啊！」媽媽也蹲下來勸她。

「不是！」小琪用力搖搖頭：「小野貓也會生病，小野貓沒有家，也沒有爸爸媽媽，牠沒有牛奶，餓得一直哭，也在發抖，我不要把小野貓丟在外面，我不要！我不要！嗚……」

小琪嚷著、嚷著，自己也不知道爲什麼，竟然放聲大哭了起來。

「我要和小……小貓咪在一起……嗚……我每天都有牛奶，我要把牛奶分給小貓咪……嗚……」

「我們的小氣鬼什麼時候變這麼慷慨了？」媽媽笑起來：「小琪，那我們每天給小貓咪牛奶喝，妳回不回去？」

「不要！」小琪大聲拒絕：「外面這麼冷，小貓咪會生病！」

小琪淚水夾著雨水，流濕滿臉。

爸爸心疼地用手擁著小琪：「好！好！那我們就把小貓咪帶回家，好不好？」

小琪嗚咽地點點頭。

「怎麼養？」媽媽吃了一驚。

「妳就幫牠洗個澡，我到巷口雜貨店要個紙箱給牠做窩，反正，貓也吃不了多少，也不麻煩，每天餵牛奶就夠了，妳就當作多個孩子嘛！」

媽媽聽了笑起來，爸爸也跟著笑。

小琪這才肯讓爸爸抱起她回家，媽媽就幫爸爸拎起公事包、小野貓和吃空了的牛奶紙盒。

「喵！」小野貓掙扎了一下。

「別吵！媽咪帶你回家。」媽媽把公事包夾在胸前，用雙手捧著貓和盒子，一起回家去。

小東一看見小野貓就大喜：「好可愛吔！牠叫什麼名字？」

「小琪。」小琪認真地回答，把大家逗笑了。

爸爸下樓去要紙箱。

小東說：「那我來替小貓畫張像。」

「好哇！」小琪開心地拍手，好心地提議：「哥！我的彩色筆借你。」

「真的？」小東睜大眼睛不相信。

MILK

「真的！」小琪點點頭。

媽媽笑著說：「小琪今天又變乖了，可是，明天就忘掉了。」

「不會。」小琪回答。

「會！」小東拍著手笑：「小琪每次都是這樣，乖了一下子，又忘掉了。」

「如果我忘掉，媽媽可以告訴我，對不對？媽媽？」小琪看著媽媽。

「好！如果小琪忘了要乖乖、不小氣，媽媽就提醒她。」媽媽大聲地笑起來。

「可是我一定不會忘記。」小琪說。

「爲什麼？」

「因爲小貓咪呀！我看見小貓咪就會記起來我要乖乖了，所以不會忘記。」

她說完，媽媽和小東又都大笑起來。

「小琪真有趣！」小東笑著說。
小琪自己也覺得很有趣，也開心的哈哈笑。

——選自皇冠出版《雨天裡有一隻貓》

5

愛像紙屑一樣多

在任何熱鬧的大都市裡，都有些很窮苦的人，住在垃圾場附近，靠翻揀東西，賣錢來維持生活，除了撿垃圾場的東西外，也在半夜裡，翻著大街邊的垃圾桶，撿一些紙盒、膠袋和鋁罐子，大家都叫他們「拾荒人」。

這些拾荒人中，有一對夫妻，是培財的爸爸和媽媽。

培財從小就生長在垃圾區，和爸爸媽媽靠著拾荒過日子。他幾乎每天放了學，就得到垃圾場工作。垃圾場的工作完畢後，還要在深夜裡，和媽媽一起坐著爸爸的三輪貨車，到市區街邊去翻垃圾桶，再撿更多可以賣錢的東西。

對於這種工作，培財並不覺得辛苦和討厭，因爲他從小就過慣這種生活了。而且，在拾荒的路途中，有時也會發生一些有趣的事。至少還能碰見一些拾荒的朋友，或也是全家總動員的鄰居，大家在半夜的路上相見，那種感覺很好玩，微微一笑，打個招呼或聊一下，就能使寒冷的夜晚，變得很溫暖。

如果是在夏天的夜晚，那就更有趣了，他喜歡坐在爸爸的車上，看著天上的星星，讓晚風吹進他的兒童T恤裡，聽媽媽和爸爸嘰嘰咕咕的計畫怎麼努力拾荒，要開小店，改善生活。在這樣的夜晚工作是神祕又愉快的。

此外，培財心裡還有一個小小的祕密，那個祕密是關於一間小小的高級禮品店，就開在培財每天都要去的高級社區裡。

禮品店很雅致，點著黃黃亮亮的水晶燈，由一位長頭髮的女主人看守著，要一直開到好晚才打烊。小店對培財吸引力最大的，不是那些精緻的禮品，而是一排排放在卡通書架上的大本童話書。那些高貴的童話書和別的書不一樣，培財看過班上有同學帶來過，裡面的圖畫畫得又大又精美。聽說，那些圖都是外國插畫家特別為小孩子設計的，會使本來就很好看的故事，顯得更精采。培財不敢向同學借，怕弄壞了賠不起。他想，那些書一定就是在這種店裡買的，一定要花很多錢。

每次他經過這家店，都忍不住地要往書架上多看幾眼。他想，如果有一天，能去看看那些書，就只要看看就好了，那該有多好呀！

可是，他從來不敢，只能站在垃圾桶旁邊，一邊撿垃圾，一邊羨慕地看著。

有一天，他又經過小店，發現小店門前多了一個矮架子，原來放在店裡卡通書架上的童話書，全部都搬到門外矮架裡了，矮架上還貼了一張大海報，上面寫著：「剩餘舊書，大拍賣，一本一百元」。

一百元！對他來說，還是和媽媽的話一樣：「貴得像吃人參！」人參是一種古時候皇帝才吃得到的珍品，他只要聽見媽媽用這句話來形容東西，就知道，那樣東西只能讓他像看天上的星星一樣，看看就好了，買不起的。

不過，上面寫的既然是拍賣品，該不算是最好的東西，只是過去翻翻，該不會怎樣吧？他可以假裝要買的樣子，翻完了，再假裝不滿意，搖搖頭就走開，不就可以了？

他越想越心動，想過去看看，就趁著爸媽不注意，悄悄地溜到矮架邊，看了一眼。只看一眼，他的心就像奔跑的小鹿一樣「怦怦怦！」地跳起來。雖然書有點髒，可是那些圖畫還是那麼地精美，他從來就不曾這麼接近它呀！

Gift
特價100
快樂王子

他又興奮又緊張，就輕輕地伸出手，在褲子上擦一擦，摸了一下布紋的書皮，哎！好好摸，好光滑呀！書皮上印著一個肩上有一隻小燕子的王子，畫得好英俊，他站在紛飛的大雪裡，頭上戴著鑲寶石的皇冠，身上穿著金葉子製成的衣服，腰間還佩著一把黃金短刀，臉上一對散發著溫柔的眼睛，是兩顆貴重的藍寶石鑲成的。培財看呆了，從來沒有看過這麼迷人的圖畫，不知道故事有多精采？

他左右看看，四周靜悄悄地，一個人都沒有，爸爸和媽媽正忙著翻垃圾，沒有時間注意他。他咬了一下脣，鼓足勇氣，用發著抖的雙手，拿起那本書，翻開了第一頁，一幅鮮豔動人的彩圖呈現在他眼前，圖邊的字黑而清楚，寫著：「從前、從前，在一個遙遠的國家，那裡正下著白白的雪，有一個王子……」

故事像有無比的魔力，深深吸引住他，使他不由自主地往下看。他幾乎著迷，一點都沒有注意到，在小店裡，那個穿著厚絨長裙的女主人，一直都默默地注意著他。她看見，豎起來遮住培財小臉的書皮上印著「快樂王子」。

才看了三頁，媽媽的聲音就遠遠地傳來了：「培財！培財！這個拿過……咦？跑哪去了？培財！培財！」

他吃了一驚，趕緊小心地把書合起來，放回去。一邊跑一邊答應著：「來了啦！媽！我在這裡……」

他一邊忙一邊還很捨不得地盯著小店看，不久，矮架子被推進店裡了。當他們收拾好，坐上爸爸的三輪貨車時，看見小店的電動鐵門，正緩緩的降下來。

一連好幾天，培財一放了學，就匆匆忙忙地催促著爸爸：「爸，快，到街上去撿嘛！快點。」

爸爸說：「這邊都還沒弄好，怎麼出去？」

培財聽了，立刻快手快腳的趕著把工作做完。

媽媽看了，奇怪地問：「怎麼回事？培財這兩天怎麼勤快起來了？」

培財連忙說：「媽，妳不是說要努力撿東西，賺了錢好開個小店，過好日子嗎？」媽媽驚訝地看著他，好高興的樣子。

其實，培財是急著想到小店去，那本好精采的童話故事，每天都只能偷看一、兩頁，每天都不知道後來會怎樣，當然會著急呀！

這天，到了社區，爸媽忙著翻垃圾，他又悄悄地溜到小店邊去。他還沒走近，就看見一對父女走進去了。那個爸爸穿著黑西裝，打著黑領帶，領帶上還別著一顆珍珠，正在替小女孩挑書。

接著，他看見那個小女孩從店裡一路嚷著跑出來，說：「爸爸，人家要這一本嘛，人家要看王子的嘛！」

「這本書好髒呀！」爸爸勸說著：「爸爸買別本給你好不好？」

「不好！不好！」小女孩求著說：「有點髒沒關係嘛！爸爸，你看，裡面的圖畫好漂亮哪！」

穿著厚絨長裙的女主人跟著走出來，她一邊用夾子夾頭髮，一邊笑著說：

「妹妹，你這麼喜歡這本書呀？」

「我好喜歡！」小女孩甜甜地笑著點點頭。

「好吧！」爸爸無可奈何地說：「就買這本吧。」

培財看著那個爸爸接過書，書皮在燈光下閃過，熟悉的王子畫像，使他一下子緊張起來，一顆心直往下沉，那不就是他正想看的書嗎？他緊緊的扭著手指，心裡有說不出的絕望和著急。

女主人接過書，走進店裡，爸爸和高興的小女孩也一起走進店裡。

培財難過地站著，再過一會兒，那本書就會被抱在小女孩的手裡，帶回她家了。

幾分鐘後，那對父女又走出來了，小女孩和爸爸都笑嘻嘻地，她手中果然抱著一本包得很好看，還用絲帶打個蝴蝶結的書。培財無助地望著他們快樂的背影，走進大廈。

小店又恢復了安靜，培財慢慢地走過去，他雙手扶在矮架上，靠著架子呆呆地站著，架子裡還有許多書，但都不是那本。也許，每一本都很好看，可是，他想把那本看完，他才剛看到小燕子把王子身上的金葉子一片片銜走，送給一些可憐的窮人。站在風雪中，又失去衣服的王子會怎樣呢？到底會怎樣呢？而且，那個外國畫家，又會怎麼畫呢？他好想知道呀！

「來！」一陣清香隨著一個溫柔的聲音傳來。接著，一本畫著快樂王子的大本童話書悄悄地遞在他眼前，他吃了一驚，抬頭一看，看到一張微笑的臉，臉上一對明亮的大眼睛，正充滿笑意地望著他。他呆住了。

「你不是一直喜歡這本書嗎？」她輕快地笑著說。

培財認得，她就是小店的女主人，晚風吹動她厚絨的長裙，金黃色的燈光照耀著她的長髮，一閃一閃地，好像別了好多小星星呀！

他愣愣地，不由自主的接過書，心裡想：「她一定早就看到我在偷看了，可是，她為什麼還……」想著，小臉就一下子都紅起來了，難為情地捧著書，不知道該怎麼辦。

她笑了一下，頑皮地說：「我剛才就看見你來了，我就對小女孩說：『每天晚上，都會有一個小王子來看這本書，他是一個勤勞的小王子，很辛苦的把工作做完之後，就會來這裡看這本書。』我問她，願不願意讓小王子看完了這本書後，再來買？她聽了好高興，一直點頭說：『沒關係，沒關係，我不買這本了，我要留在這裡，讓小王子看！』」說完，她又微微一笑，就轉身走回店裡去了。

他捧著書，好難爲情呀！不知該不該再看下去。可是，這本書的魔力太大了，他想：「沒關係，等我看完這本，就永遠不要偷看了嘛！」

於是，他紅著臉，翻開了書，書中的故事很快地又深深吸引他，使他忘了剛才的事，只著迷地看著小燕子把王子唯一剩下的寶物，那一對藍寶石鑲成的眼睛，也銜了下來，送給窮人。

這樣看了幾個晚上，書終於看完了，培財鬆了一口氣，好滿足地闔上書，小心地把它放回架裡。他悄悄地看了一眼店裡，沒有看見那個長髮的女主人，就悄悄地走了。

第二天早上，女主人一早打開店門，看見門外擺著一封信，黏得歪歪斜斜的，很好笑。她好奇地拿起來，打開看看，裡面是一張卡片，用剪碎的彩紙貼了一顆大大的「心」，旁邊寫著——

大姊姊：

我愛妳，愛像紙屑一樣多。

何培財　敬上

——選自皇冠出版《雨天裡有一隻貓》

6

大姊姊，我自己來

雖然，我們也被稱為小寶貝，
但我們擁有的，總沒有你們的美，
也許，我們駝背又跛腿，
也許，我們低智淌口水，
從小流盡了委屈的淚，但是，
如果哭泣能使我們如你們一般美，
我們願日夜不停地傷悲，
只因，哭泣不能改變一切，於是——
我們重新體會微笑的光輝，
我們不假裝也擁有你們的一切，
卻也用整個心來度過那漫漫長夜，
這樣，遙遙旅程中，
我們將和你們一樣擁有的是——

大姊姊，我自己來

一顆堅毅的心和無盡的智慧。

每個星期六下午，圖書館裡的兒童閱覽室，就像一鍋沸騰的開水，孩子們那股熱鬧勁，差不多可以把屋頂掀翻了，他們等在門外，哇啦哇啦地嚷不停。

「快嘛！大姊姊！時間到了吔！快開始嘛……」

在裡面忙得暈頭轉向的大姊姊被嚷得冒火了，就「唰！」一聲把門打開一條縫，吼出來：「別吵呀！還沒準備好嘛！安靜點！」

知道吧？這就是圖書館每星期六下午的「兒童圖書館活動」，不折不扣的「魔鬼俱樂部」，樂死孩子，累死大姊姊的地方。

三點整，門終於打開了，孩子們像難民潮般「嘿！」「喔！」「哇！」叫喊著擁上來，賴姊立刻一個箭步擋在前面，她雙手抱胸，用沉默厲害的眼光一陣掃射！孩子們乖乖地安靜下來，不好意思的搔搔頭，還嘻皮笑臉地推推別人。

「喂！喂！排好啦！吵什麼！」

誰吵賴姊就盯誰，不出半分鐘，一個個孩子眨巴著眼，乖乖地排成一隊長龍，準備進場了。

貢姊、陳姊和王姊在場內安排位置，進來的孩子們很快地各就各位，分組安頓好。

三點十分，全部進場完畢，賴姊正準備關上大門時，寶桐還獨自站在門外，淌著口水對賴姊傻笑。

「寶桐，怎麼不進來？」

賴姊溫和地哄著他，把他帶進來，他才怯怯地、又滿高興地跟著進來，插進小組裡。

那組孩子一看見寶桐，幾個人挪出個位置給他，一邊移動一邊嘀咕：「倒楣！又是他！」

「今天一定要輸了！每次寶桐都不會玩。」

「不要這樣啦！」有孩子打抱不平了：「給他玩也不會死，不一定會輸呀！」

貢姊在台上拍著手吆喝：「安靜，現在看貢姊這邊，我們今天要玩一個新的……」

貢姊賣起關子，笑著不說。

「什麼？什麼？」孩子們好奇地吵起來：「說嘛！」

「新的手把遊戲！」貢姊笑嘻嘻地舉起雙手：「螃蟹一呀！爪八個……」一個新鮮又有趣的遊戲，毫不困難的就捉緊孩子的注意力，大家一下子就忘了寶桐的事。

寶桐在人群中興高采烈地晃著雙手，「唔唔唔」地嚷著。賴姊看了，走過去，蹲在他身邊，一句一句的教他念，細心地陪他玩。寶桐一高興，嚷得更大聲，哇啦哇啦地，誰也聽不清楚他念什麼，口水倒又拖了好長一截。賴姊邊陪他玩，邊抽出他口袋的衛生紙，幫他擦著。

貢姊帶完了手把遊戲，接下去，是王姊上台。

王姊說：「各位小朋友，耶誕節我們要怎麼樣？」

孩子們異口同聲地回答：「把——襪——子——掛——在——床——頭——讓——聖——誕——老——公——公——放——禮——物——！」

「啊？什麼？」王姊大驚小怪地叫：「你們只想收禮物？不想送禮物？」

「對——」孩子們眉開眼笑地回答。想一想，大姊姊一定不喜歡這個答案，大夥兒對看一眼，又喊：「也要送禮物，給——呃！大——姊——姊！」

四位大姊姊一起哈哈大笑起來。

「好！大姊姊一定要等小朋友送禮物！」王姊說。

「啊！」孩子們吃驚地叫起來。

「別急！」王姊說著，拿出一個用紙做的小丑，很有趣，孩子們看了很喜歡。王姊說：「小朋友，這個小丑很可愛，也很簡單。這次聖誕節，王姊要教小朋友廢物利用，用家裡不要的盒子呀！紙呀！做出很好玩的禮物，送給別人。下星期，我們要舉行『交換禮物』的遊戲，每一組小朋友都可以想出一種很特別的、和別人不一樣的方法，把禮物送給大姊姊！大姊姊也會用一種特別的方法，把禮物送給你們。」

「真的？哇！」孩子們開心地又跳又叫，各組大姊姊揮動著雙手喊：「別吵！安靜！」

「如果小朋友太吵！」王姊靜靜地笑：「就——做——不——成——了！」

二十幾張小嘴一起閉起來，裝出很乖的樣子。

於是，王姊發下平日教小朋友存下來的廢紙廢盒子，她告訴孩子，每個人都得按照自己拿到的材料設計作品，孩子們拿到材料後，都很興奮，像墨西哥跳豆般，一刻都安靜不下來。

賴姊負責寶桐這組，她蹲在小組裡，叮嚀著孩子。

「等會兒，」她問：「你們肯不肯幫寶桐做？」

「肯——」孩子們拉長著聲音回答，像罐頭答話。

賴姊點點頭笑起來，寶桐傻傻地看著她笑，口水把胸前的衣服都滴溼了，他知道人家在說他的事。

三點半，閱覽室籠罩在一片專注的靜默中，只偶爾傳出一些低聲的嘀咕：「膠水呢？」「這裡。」「討厭！別碰我啦！」「給我一張紙……小氣鬼！哼！」

寶桐那組孩子邊做，邊分心看著寶桐。

一個女孩子轉過頭來，瞪著寶桐割紙，幾乎要把手指頭切下來。

「寶桐！哎呀！你怎麼這樣割？我幫你割！」

她說著，熱心地一把搶過寶桐的刀子，寶桐急得唔唔叫。她以為寶桐誤會了，要搶他的東西，就一連串地叫：「不是要搶你的啦！我幫你割啦！」

另一個孩子聽見叫嚷，抬頭看了一眼，也叫：「陳美華，不要讓他摸刀子嘛，妳好壞心！」

「又不是我給他的！」陳美華沒好氣地頂過去，又去搶刀子。

寶桐又咦咦唔唔地叫起來，緊緊握著刀子不肯給。

「寶桐——」一個孩子哄著他喊：「不能用手摸刀子啦！會割到手。」

寶桐已經割了一道小傷口了，流出一點紅紅的血。賴姊正過去向王姊多要點膠水，聽見吵鬧聲，連忙趕回來。她哄著寶桐，用衛生紙擦掉他手上的血跡，又拿一把剪刀換下他手中鋒利的刀子。

「給他剪刀，不要給他刀子。」賴姊吩咐孩子。

「笨蛋！」陳美華氣呼呼地埋怨。

賴姊輕聲地向他解釋，要幫他剪紙。寶桐不肯，猛搖著頭，一手緊抓著紙，一手伸得長長地，向賴姊要剪刀。賴姊沒辦法，只好教他用剪刀，讓他自己弄。

寶桐搶贏了，開心地抓著剪刀，張著嘴巴，拖著口水，生硬地剪著紙。

「寶桐，你做什麼？」

一個孩子好奇地趴過來看，寶桐傻笑著抬起頭，嘀嘀咕咕地解釋他的作品，也不管別人聽不懂，說完，就自顧自地拿起彩筆，埋頭著色了。

三點四十五分，王姊開始宣佈：「今天沒有做完的小朋友，可以帶回家做。」

然後，輪到賴姊上台，帶孩子們討論「用什麼方法把禮物送大姊姊」。

孩子們聽了，聯手抗議。

「大姊姊不可以來聽嘛！」孩子嚷著：「這樣妳們就知道我們的祕密了，不好玩。」四個大姊姊聽了，一起笑彎了腰，答應不參加「祕密會議」。

於是，賴姊在台上領頭兒觀察四組討論的情形，貢姊過去接替她帶寶桐那一組。

孩子們擠成四堆，嗓門壓得低低地，神祕地討論各種最有意思的方法，不時傳出設計「陷害」別人時，得意的笑聲。

會議結束後，賴姊宣佈今天活動結束，孩子們就在道別聲中，帶著滿肚子祕密和對下星期六的期待回家，一路上嘰嘰咕咕地偷笑個不停。

只有寶桐那組沒走，吞吞吐吐地來找貢姊。

「貢姊，」孩子爲難地開口：「我們不是看不起寶桐啦！可是，下星期我們有一個好方法，如果寶桐也參加，他又不會玩，那就會完蛋了。」

貢姊看看孩子們，孩子們圍成一圈，雙眼流露出對寶桐的歉意和渴望把遊戲玩好的神情。

她猶豫了一下，說：「好，那寶桐跟大姊姊一組。」

孩子們雙眼一亮，開心地笑。

寶桐一臉迷惘地呆立在一邊，貢姊走過去，對他說：「寶桐！你和大姊姊一組，好不好？」

寶桐似懂非懂地呆了一下，孩子們愧疚地圍過來，七嘴八舌地討好他。

「寶桐最好運了，和大姊姊一組吧！」

「對呀！跟大姊姊最好玩了。」

「寶桐！拜託啦！」

「寶桐，下次我們再一起玩嘛，好不好？」

寶桐眨巴著雙眼，吸著口水，咦咦唔唔地說了一連串沒人聽得懂的話。

貢姊對孩子們說：「沒關係，寶桐會和大姊姊一組，你們回家去，好不好？」

孩子們連忙答應，興高采烈地回家去。

第二個星期六，雨下得很大，孩子們撐著傘，抱著包得七歪八扭的禮物來，室內一片熱絡，爆笑不斷。

孩子們盡他們所能地設計了各種頑皮的方法捉弄大姊姊，像把禮物堆在疊高的椅子上，要大姊姊蒙住雙眼，用釣魚竿釣。也有把藏禮物的地圖，塞在氣球裡，要大姊姊用針去刺破氣球。更有把禮物藏得連他們自己都找不到的。

寶桐那組，原來是每個人手臂勾著手臂，把禮物藏在背後。然後，每個人說一句謎語，要大姊姊由謎語中猜出什麼禮物在誰背後，難怪他們怕寶桐合作不來，因爲，寶桐很可能會殷勤地幫大姊姊把禮物指出來嘛！

大姊姊們都很合作，隨時發出害怕的尖叫聲，裝出找不到禮物、迷糊的表情，逗得孩子們滿足極了，開心地笑個不停。

貢姊還是帶上星期寶桐那組。她一邊帶著孩子們玩，一邊焦急地望著窗外。

從上星期答應孩子之後，她就一直有些不安。她怕寶桐會因此而傷心，覺得他是「笨蛋」，別人不和他玩兒。她甚至還特別打電話，先和賴姊商量過，該怎麼辦。

她們在電話裡談了很久，想了各種辦法，也打電話回兒童中心去問主任楊姊，準備了一肚子的方法，可是，活動眼看都快結束了，卻不見寶桐的影子。

她低頭看看錶，希望寶桐只是遲到。事實上，她知道，這是不可能的事。

窗外大雨滂沱的路上，有一把大黑傘低低地掠過。她忽然覺得，寶桐就像獨自打著那把大黑傘，走在雨中的孩子。她們大家對寶桐的關心，就像傘一般，為寶桐遮去大雨。可是，雖然雨淋不到他，在傘下的他，卻永遠是那麼地孤單呀！

想到這裡，貢姊暗暗在心中發誓：「以後，一定不再讓寶桐離開孩子群，不再讓他孤單了。」

她計畫，活動結束後，一定要和其他大姊姊好好地討論這件事，她們要設法讓孩子接受寶桐，這對寶桐來說，才是正確的，他也需要朋友呀！

孩子們熱烈的道別聲在貢姊耳邊響起，把她從沉思中驚醒，她才發現活動已經結束了，寶桐果然沒有來。

於是，她匆匆走到門邊，和孩子們道別。

「再見！大姊姊再見！」

孩子們蜂擁著離開。一個跑出了大門的孩子，又匆匆跑回來，對她大叫：「貢姊！寶桐來了。」

說完，又一溜煙跑走了。

貢姊一聽，立刻抓起花傘跑出去。在大門外，她看見一把大黑傘，傘下赫然是寶桐傻笑的臉蛋。孩子們一邊向他道別，一邊笑他現在來有什麼用？

貢姊撐開傘，站在他前面，他看見貢姊，立刻開心地遞上一張色彩繽紛的卡片，一看就知道是他自己畫的，上面清清楚楚地寫著：「送給貢瑞曼姊姊」。

貢姊再看看他手中的卡片，上面端端正正地寫著每一位大姊姊的名子，一個也沒錯。

貢姊深深地望著寶桐呆呆的臉，輕聲問他：「寶桐，這些都是要送大姊姊的，是不是？」

寶桐高興地「呃！呃！」點頭。

貢姊伸手要接過卡片，對他說：「貢姊幫你送，好不好？」

寶桐連忙緊緊抓著卡片，猛搖著頭，咦咦唔唔地說了一大串話。

貢姊放鬆手，又問：「寶桐要自己送，是不是？」

寶桐又高興地「呃！呃！」點頭。

貢姊翻翻她自己手上那張卡片，線條拙笨而色彩豔麗的圖案，顯示出寶桐是多麼用心的完成他的作品。

她再問：「這些，都是寶桐自己畫的？」

寶桐更高興，「呃！呃！呃！」地點頭點個不停。

在閱覽室裡，幾個大姊姊正等著貢姊做例行的檢討，等了半天，還是不見貢姊的影子。賴姊等得不耐煩了，就一路喊著出去找她。

「貢姊！貢姊！妳怎麼還不……」

她跑到門口，人和聲音都一起頓住。

大門外，雨好大呀！貢姊打著小花傘，站在寶桐的大黑傘前，手中拿著一張卡片，正在問他：「要這樣自己送卡片給大姊姊，也是你自己想的辦法，對不對？」

寶桐得意極了，他「呃！呃！呃！」地，頭一直點個不停，點個不停……。

——選自皇冠出版《雨天裡有一隻貓》

7

黑夜，黑漆漆的夜

黑黑的夜裡，到底有些什麼呢？

每天，當太陽下山，大家都回到家裡之後，黑夜就來了，到處一片黑漆漆，什麼都看不見，媽媽就替一文洗個澡，換上乾乾淨淨的睡衣，告訴他，這該是一文上床睡覺的時候了。

除了睡覺，還有沒有什麼會在黑漆漆的夜裡發生呢？

一文知道，一定有！媽媽講給他聽的故事裡，就有許多事是發生在夜裡的。比如說：會幫鞋匠做小紅鞋的小矮人、替灰姑娘變來南瓜馬車的仙女、騎著掃把飛過月亮的巫婆，還有，絕不肯在白天出現的鬼、精靈……等等，都是出現在黑夜故事裡的主角。

那麼說，在黑夜裡，除了睡覺之外，真的會有許多有趣的事發生嘍？

每天晚上，一文都會充滿期望和幻想，跪在竹椅沙發上，對著黑漆漆的窗外自言自語。可是，每當這時候，媽媽就會走過來，像趕小雞一樣，匆匆忙忙地要把一文趕到床上睡覺去。

「快去睡了！一文！」媽媽伸手要抱他：「都十點了，再不睡明天又要起不了床、趕不上娃娃車了。快！上床了！你不上床我就不能休息！」

媽媽邊說邊拍一文的小屁屁催他。

「媽媽。」一文打個哈欠，抬頭望著媽媽：「天好黑哦！我不要睡覺，等一下會有小矮人出來，我要跟小矮人……」

「又要跟小矮人說話了！」媽媽雙手扠在腰上，大大地嘆了口氣：「不是跟你說過一萬遍一千遍了嗎？小矮人也睡覺了，不會出來了，有誰家的小孩這麼晚還不睡，快！去睡了！不睡爸爸要來打屁屁了。」

「可是媽媽……」

不等一文說完，媽媽就一把抱起一文，匆匆忙忙地送到床上去了。

媽媽替一文蓋上小被被，親親他，說：「乖乖睡，晚安！」

說完，媽媽熄了燈，走了。

所以，一文還是不知道，在黑夜裡，真正會有什麼事情發生？

有一天晚上，一文睡了一覺醒來，聽見有人在說話和小聲地笑，他很好奇，是不是小矮人來了？

於是，一文馬上爬起來，悄悄走出房間，走到客廳邊的牆腳躲著，向亮著微微的燈光的客廳偷偷看了一眼。

在客廳立燈橘子色的燈光下說笑的，竟然是爸爸和媽媽。

爸爸和媽媽正坐在竹椅沙發上說說笑笑，前面的竹茶几上放著兩杯牛奶和一個盤子，盤子裡堆著剝下的蛋殼，看樣子，蛋已經吃掉了。

一文看見，爸爸擁著媽媽，在媽媽的臉上「嘖！」一聲親了一下，問她：「那妳怎麼辦？」

媽媽笑著回答：「我啊？我就說我不是故意的，我是真的沒聽見宣佈下午要開會，大概我去銀行了吧？所以也不能全怪我呀！」

「那你們經理怎麼說？」

「我已經解釋又道歉啦！他也不好意思罵我，就說，好！下次大家一起改進，開會改用字條通知！嘻……！」

媽媽說完，就開心地笑了起來，爸爸也笑了起來，接著，爸爸又在媽媽臉上「啧！」地親了一下，好大聲！媽媽就笑著打了爸爸一下。

一文看了，也忍不住嘻嘻嘻地笑了出聲音。

黑暗中突然傳出的笑聲把爸爸和媽媽嚇了一跳，媽媽連忙推爸爸，跑到轉角一看，發現是一文。

「我就猜是你！」媽媽吃驚地壓著嗓子叫：「一文！都十一點半了，你怎麼還沒睡？」

一文打了個大哈欠：「媽媽，你們在吃什麼？我也要吃！」

媽媽推著一文，把他往房間趕：「開什麼玩笑？半夜三更還爬起來，你明天不上學啦？又要賴床了！」

一文把身體貼在牆壁上，不肯走，大聲地嚷：「你們都在吃東西！我也要吃！」

「噓！」爸爸趕緊跑過來，對著一文把食指豎在嘴唇上：「小聲點，鄰居會被你吵醒！小聲！小聲！」

一文望著爸爸，這下他總算知道一些發生在黑夜裡的事了：吃東西、說話要小小聲。

一文忍不住嘻嘻地笑出聲，他用小手摀著嘴，小聲地說：「我也要吃東西。」

爸爸說：「我們是餓了，才吃消夜的，你又不餓。」

「我也餓了！我也要吃『消夜』！」一文說。

「不行！」媽媽哄著他：「你半夜喝牛奶，肚子會痛！明天早上再喝。」

「那明天早上我要吃『消夜』！」

「你乖乖去睡，明天早上媽媽就做『消夜』給你吃。」媽媽答應一文。

一文打了個大哈欠，點點頭。

「看！睏了吧！」媽媽輕輕抱起一文：「乖乖去睡，看！哈欠打得這麼大！」

一文在躺下之後，他還是想念著在客廳黃黃的燈光下說笑的爸爸媽媽，還有牛奶雞蛋做成的『消夜』。

原來，黑夜是這麼有趣的！他想，也許，等一下再起來一次……可是，瞌睡蟲已經爬上眼皮啦！一文好睏哪！……不知道爲什麼，一文就睡著了。

第二天，一文一大早就猛地驚醒了。

他還在想念消夜。

於是，一文匆匆跳下床，光著腳丫跑出房間大嚷：「媽媽！我的『消夜』呢？」

媽媽正在廚房忙早餐，就回頭回答：「先去刷牙洗臉吧！你的『消夜』放在桌上了。」

一文衝到餐桌前，果然看見他的座位前的餐桌上，放著一份牛奶和剝了殼的煮雞蛋，另外，還有水果。

一文跑到垃圾桶前，伸著頭看，看見白白的蛋殼就丟在桶裡，他馬上把蛋殼拿出來，放到他的雞蛋旁邊，使他的消夜看起來和昨天晚上爸爸媽媽吃的完全一樣。

媽媽先是驚訝地看著他，接著，就哈哈大笑。

一文才不管，他這才放心地去刷牙洗臉。

刷洗完後，一文爬上他的椅子，用手握了握牛奶杯。

「媽媽！」一文大叫：「我的牛奶怎麼是熱的？消夜牛奶是冷的。」

「媽媽的消夜牛奶也是熱的。」媽媽在廚房裡回答：「冷天喝冷牛奶，肚子會痛。」

「真的嗎？」

「真的，不然你去問爸爸。」

一文相信媽媽不會騙他的，他便開始開心地吃他的消夜。

爸爸打著哈欠，揉著眼睛從房間裡走出來。

「一文早！媽媽早！」

「爸爸早！」一文滿嘴雞蛋地大叫。

「早！爸爸！」媽媽從廚房送出了她和爸爸的早餐，有稀飯、煎荷包蛋、水果和小菜。

爸爸伸著頭看著一文的早餐：「一文，你今天早上怎麼吃這個？」

「他說他要吃『消夜』。」媽媽代替一文回答。

一文點點頭。

爸爸愣了一下，就笑著去洗臉刷牙了。

一文才不怕爸爸笑他呢！他終於知道，在黑漆漆的夜裡，會有什麼事情發生啦！

有一天，香香阿姨來看他們。

香香阿姨是媽媽的同學，最疼愛小孩了，每次她來，總會陪一文玩，又會講故事給一文聽。

野餐。

媽媽提議，今天是星期六，香香阿姨乾脆留下來過夜，明天大夥兒一起去野餐。

爸爸就說，那他打電話給他的好朋友魁文叔叔，叫他明天一起來，大家一起去野餐，人多比較熱鬧。

一文聽了，高興得發瘋，不停地尖聲大笑，野餐?!多麼好玩呀！

晚上，吃過晚餐後，黑夜又來了，外面黑漆漆地。

大家聊完天，看完電視，牆上的鐘就敲了十下，媽媽又開始要趕一文上床了。

「媽媽……今天是星期六，明天不用上學?!我不要睡覺嘛！」一文哀求媽媽。

爸爸回答：「可是明天要去玩，要走路吔！你不睡覺，明天就沒有精神玩了。」

「對呀！」媽媽也同意。

一文嘟著嘴，一副快哭出來的樣子：「那我要跟香香阿姨睡。」

「不行！」媽媽馬上反對：「香香會被你吵死了，還能睡呀？」

「不會！」一文大叫：「我不會吵香香阿姨！我要跟香香阿姨睡！」

香香阿姨就在一邊笑著說：「好啦！別叫這麼大聲嘛！香香阿姨陪一文睡就是了嘛！」

一文開心地跳到香香阿姨面前滾進她懷裡撒嬌。

媽媽只好對爸爸翻白眼，聳聳肩：「沒辦法，香香就是疼他。」

「可是有一個條件，」香香阿姨摟著一文，對一文說：「你現在就得先去睡，一邊睡一邊等香香阿姨。」

「那妳不可以太慢來，」一文撒嬌地說：「妳還要講故事給我聽。」

「好。」香香阿姨親了一文一下：「香香阿姨等一下就去陪你，講故事給你聽。」

一文這才開開心心地讓媽媽抱他上床。

等了不久，香香阿姨真的來了，等香香阿姨上了床，一文就擠到香香阿姨懷裡撒嬌。

「香香阿姨，快說故事嘛……」

「好。」

香香阿姨摟著一文，開始給一文講了一個故事：「穿長靴子的貓」，說完了，一文還不肯睡，他還要聽故事，香香阿姨只好再講一個故事「笨漢斯」，講完，一文還是沒睡，他說，他還要聽。

「好吧！可是，這是最後一個嘍，聽完這個，你就得乖乖地睡嘍！」香香阿姨在一文耳邊悄悄和他約定。

一文笑嘻嘻地點點頭。

於是香香阿姨講了最後一個故事「老鼠嫁女兒」。講完，香香阿姨打了一個大哈欠，說：「該睡了吧！」

一文也打了一個大哈欠，縮在香香阿姨懷哩，閉上了眼睛。

過了一會兒，一文又睜開了眼睛：「香香阿姨……」

「怎麼？還沒睡？」香香阿姨也睜開了眼睛。

「香香阿姨……一文好餓！」

「怎麼會餓？晚上不是吃得飽飽地？」

「可是……香香阿姨，我現在好餓，我太餓了，就會肚子痛！」

香香阿姨嘆了一口氣，問他：「好吧！小鬼！你說，你想吃什麼？」

一文馬上回答：「消夜，牛奶和雞蛋！」

香香阿姨愣了一下，問他：「誰教你的？」

一文回答：「有一天，很晚很晚了，我睡不著，就看見爸爸媽媽在吃消夜，牛奶和雞蛋！」

香香阿姨馬上猜到一文的心事了，她小聲地笑起來，用食指點著一文的頭：「小、搗、蛋、鬼！你！」

一文伸伸舌頭，也笑了。

香香阿姨就帶著一文起床，摸黑地打開房門，在黑暗中摸摸摸地走到客廳去。

到了客廳，香香阿姨先開了牆角的立燈，竹沙發和竹茶几便籠罩在一小片黃黃的燈光中。

一文對著香香阿姨豎起食指貼在嘴唇上：「噓──！要小小聲地唷！」

香香阿姨被逗得噗哧一聲笑出來。

接著，香香阿姨就牽著一文往廚房去。

到了廚房，香香阿姨開了燈，把一文帶進去，再把門關上，並開了後門通風。

香香阿姨從冰箱裡拿出雞蛋牛奶來加熱時，一文就自己站在後門口，對著黑漆漆的門外自言自語，說話給自己聽：「好黑、好黑的晚上哦！小矮人晚安、小仙人晚安、巫婆晚安、小老鼠晚安……」

不一會兒，牛奶和雞蛋都好了，香香阿姨就把一文帶進來，關上後門、開了前門、關上燈，再牽著一文走回客廳。

一文開心地坐在竹沙發上笑。

香香阿姨壓低了嗓子說：「噓——！小聲點！把媽媽吵醒了，我們的『消夜』就不必吃啦！」

說著，香香阿姨小心地用一只蛋去敲另一只蛋，只發出小小的聲音，蛋殼就碎裂了。

蛋剝好了，香香阿姨給了一文一個。

「小心燙，慢慢吃。」

一文很快地點點頭，馬上咬了一口。

香香阿姨也開始吃她的雞蛋。

「香香阿姨……」一文滿口雞蛋地開口。

「噫？」

「香香阿姨……」

「做什麼？」

「這樣是不是真正的吃『消夜』？」

「是，真正的『消夜』。」

「好好吃哦！」一文含含糊糊地又說。

「嗯！」

香香阿姨端起牛奶，餵了一文一口，又端起自己的牛奶喝了一口。

一文一邊吃一邊快樂地在椅子上搖來搖去。

香香阿姨看了，忍不住白了他一眼，笑了起來。

吃完了，香香阿姨把杯盤收拾好。

「好了，這下可真該睡啦！」

一文打了個大哈欠，眼睛都紅了。

「看！睏成這樣還不睡，快！去睡了。」

一文抱著肚子：「香香阿姨，我要尿尿。」

香香阿姨嘆了口氣，只好又帶著一文走進黑漆漆的浴室，摸了半天，才把燈打開。

「快尿吧！」

一文乖乖地坐上馬桶。

尿好了，香香阿姨把一文放到浴室門口站著，自己關上門，也要尿尿。

門一關上，外面黑漆漆地，只能看見客廳微弱的燈光，一文害怕地大叫：「我怕！我怕！」

香香阿姨連忙開了門一把將一文的嘴巴掩上：「噓——！別叫！會把別人都吵醒了！」

「可是，香香阿姨，妳不要關門嘛！我會怕！好黑吔！」一文哀求著。

香香阿姨只好不關門尿尿啦！一文摀著嘴嘻嘻地笑了起來，香香阿姨白了他一眼，也笑了。

都尿好了，香香阿姨自己漱了口，也讓一文漱了口，然後關上了燈，牽著一文的手，在黑暗中摸摸摸地走回客廳，關了立燈，再摸摸摸地走回房間。

上了床，蓋好被子，香香阿姨說：「好啦！一文，你一定得睡了，不然明天就真的會爬不起來了。」

香香阿姨才說完，客廳的鐘「噹——！」一聲，敲了一下，半夜一點了。

一文縮在香香阿姨的懷裡撒嬌：「香香阿姨，我要聽故事，一個就好了。」

香香阿姨捏捏他的臉頰：「好，可是得一邊聽、一邊睡哦。」

一文很快地點點頭，打個大哈欠。

香香阿姨便開始講故事：「從前、從前，在天上有個玉皇大帝，玉皇大帝有七個女兒，叫七仙女，在七個仙女中，最小的仙女是最可愛、最聰明的……」

一文打了一個哈欠又一個哈欠，他在香香阿姨小小的故事聲中開始迷迷糊糊起來，第七個小仙女從天上飛下來以後，一文就已經聽不清楚啦……

第二天一大早，媽媽敲著他們的房門喊：「都快八點嘍！還不起來就來不及去野餐了……」

一文馬上驚醒，一個大翻身從床上跳下來，迷迷糊糊地往浴室衝，邊跑邊叫：「我起來了！我起來了！」

不用人催，就自己去洗臉刷牙。

他正在刷牙時，聽見香香阿姨跟媽媽說話。

「妳知道他昨天晚上幾點才睡嗎？」

「幾點？」

「一點！」

「什麼？你們半夜三更在幹嘛？」

「吃消夜呀！」香香阿姨哈哈大笑：「一文說他要吃『消夜』，還指定要牛奶雞蛋，他說你們就是這麼吃的，哈……」

媽媽又好氣又好笑：「你們半夜不睡，爬起來吃牛奶雞蛋？」

「對呀！」

說完，外面一片哈哈大笑的聲音。

一文得意地坐上馬桶想：「嘻嘻，爸爸和媽媽都沒有吃到『消夜』，我有！嘻……」

原來，在黑漆漆的夜晚，就是有這麼多好玩的事情發生著呀！

一文終於知道了。

——選自皇冠出版《雨天裡有一隻貓》

8

中秋心願

蟬兒很熱鬧地唱了幾個月後，夏天終於帶著炎熱的大太陽，戀戀不捨、慢吞吞的走了。接著，秋天披著金色的披風，很準時地登場啦！她一到達，就急急忙忙地用她金色的風把滿山遍野的樹葉吹黃，催促著樹木把舊葉子抖掉。

可是，楓樹可不這麼想喲！他是一種很特別的樹，長著滿枝椏像星星一般的葉子，秋天一到，樹葉就變成各式各樣的紅色。美麗的顏色，把秋天打扮得好美喲！

但楓樹也並不小氣，他和別的樹一樣，把許多樹葉抖落在路上，讓山路鋪滿了紅色的大星星，使山路也和秋天一樣漂亮咧！

福哥，一個住在山上的小孩，他連秋天都可以不穿鞋子，赤著腳走在山路上。光光的腳板踩在枯乾的葉子上，枯葉在腳底下發出「軋！軋！」的聲音，軟軟刺刺的，很舒服的感覺。

這條山路上所有的樹都認識他，包括紅紅的楓樹，都是他的好朋友。他每天走這條路去上課，一路上活潑地唱歌，故意去踩成堆落在地上的枯葉，他是

中秋心願

一個快樂的小男孩。

可是今天是星期天，福哥怎麼又來了？

他是到山下幫爸爸買東西嗎？還是幫弟弟買筆或簿子？都不像啊！福哥今天看起來很特別。

他黝黑的臉龐上快活的色彩不見了。咧著嘴露出兩排白牙齒、嘰嘰咕咕的笑聲也不見了！怎麼？今天看起來烏雲密佈，太陽消失了，臉色陰沉沉的，好像快下雨了！

「怎麼回事？他看起來不開心呢！」

楓樹對身旁那棵長滿金黃色樹葉的樹說：

「他好像有心事，嘴噘得老高的。」

「是呀！」

金黃樹說：

「會不會是星期天學校要補課？」

「不像！不像！」

楓葉忙搖搖頭說：

「他並沒有背書包呀！」

他們繼續看著他。福哥皺著眉頭，眼神看起來好憂愁哇！他緊緊地盯著山下看，好像在等什麼似的。看了好久、好久，又咬著嘴唇，在樹下蹲著，很沒意思地玩葉子。

「福哥！福哥！」

金黃樹輕輕地叫他：

「福哥，你看起來怎麼這麼憂愁呀？」

福哥懶洋洋地抬起頭來，看了金黃樹一眼，哼都不哼一聲，又靜靜地低下頭去了。

「糟糕！他生病了。」

楓樹擔心地搖搖頭：

「他看起來苦悶得很呢！」

「你生病了嗎？福哥！」

金黃樹關心地問。

「沒有，我沒有生病。」

福哥硬生生地回答，聲音裡充滿了不樂意的火藥味，這種火藥味兒使樹木們更爲他擔心。

「福哥，你的聲音聽起來很不快樂呢。」

楓樹搖落幾片楓葉，飄落在福哥肩上，拍拍他的肩。

「我想他大概是挨了罵。」

金黃樹悄悄地跟楓樹說：

「讓他自己靜一靜吧。」

「我沒有挨罵！」

福哥很衝地說。他說這句話時，喉嚨裡硬硬痛痛的，好像塞了一塊大石頭，鼻子和眼眶都熱熱的。

停了好一會兒，福哥自己開口說話：

「我媽媽中秋節不回來了。」

說完，樹木們都鬆了口氣，原來如此，不是什麼大事嘛！可是福哥的眼眶卻一下子紅起來，豆大的淚珠再也忍不住了，一顆一顆地滴在地上，把枯葉滴溼了。福哥拚命咬住發抖的嘴唇，他真的不想讓自己哭出來，可是，眼淚一點都不聽話，滴滴答答地落個不停。

「媽媽……媽媽本來說中秋節要從台北回來的，現在又說……又說不回來了，騙人！騙人！」

福哥說得好快，又好大聲，說完，眼淚掉得更多了。他低下頭去嗚咽地哭起來。

楓樹和金黃樹對看一眼，看起來好像很嚴重。

「媽媽說過爲什麼不回來嗎？」

楓樹同情地問。

「媽媽……說……說中秋節很忙……嗚……」

福哥索性大哭起來，邊哭邊用手背抹眼淚。

「媽媽沒騙你嘛。」

楓樹說：

「也許真的很忙，在台北過中秋節一定和在山上過中秋節不一樣。」

他偏過頭看看金黃樹說：

「我聽過台北來這裡健行的人說過，在台北過中秋節很忙，要吃月餅，要賞月，都得到郊外去，很遠，這時候，當管家的人一定都很忙，還要看家呀。」

「才不是……嗚！媽媽說要帶……帶月餅……回來的。」

福哥邊哭邊搶著說，他很懊惱！

「喔？媽媽這樣對你說過嗎？」

金黃樹問。

「對！……嗚……媽媽寫信來說的，嗚……」

「那麼，媽媽如果不回來，你就沒有月餅囉？」

「我才不要月餅！」

福哥想起收到信那天，弟弟他們好高興呀！媽媽要帶月餅回來呢！福哥傷心地說：

「我才不要月餅，可是，我已經告訴弟弟了。我說媽媽要帶台北的月餅回來，弟弟他們好高興，天天都在等媽媽回來。」

楓樹想說話，又閉上嘴，停了一下，才說：

「你弟弟他們都很想吃月餅嗎？」

福哥滴著淚點點頭，懊喪地說：

「我們隔壁家的小孩的媽媽也在台北賺錢，她媽媽也要帶月餅回來給他們吃。」

「山上的孩子難得有零食吃呢。」

金黃樹惋惜地說：

「尤其是台北的月餅，難怪他們要難過了。」

「弟弟他們會傷心。」

福哥滿臉難過地說：

「弟弟他們等媽媽已經等很久了，媽媽不回來，我不敢告訴弟弟他們，他們想月餅也想很久了。」

「你叫弟弟他們等以後媽媽回來時再吃月餅嘛。」

金黃樹說：

「媽媽一定也很想回來，可是，女主人一定跟她說中秋節要拜拜，要吃月餅，全家要出去賞月，需要她留下來看家，所以她才不能回巴陵山上呀！」

「女主人他們不會自己看家！」

福哥很生氣地嚷：

「弟弟他們會很傷心，會哭，他們已經答應分一點點月餅給沒有月餅的同學了。他們……他們現在還很高興地等媽媽回來呢！」

「這怎麼辦？」

金黃樹吃了一驚，對楓樹說：

「他們可真慷慨。看來，不只有一個孩子傷心，只怕有一大群孩子都要傷心失望了，連分不到月餅的孩子都會哭一場的。」

「可不是嗎？」

楓樹也苦惱起來了：

「真是令人不忍心看這麼多孩子失望呀！」

楓樹皺著眉想了一下，對福哥說：

「你能不能問爸爸要點錢買其他的糖果代替月餅？」

「其他的糖果又不是月餅！」

福哥抬起頭，大聲地說：

「一年只吃一次月餅，而且，媽媽離開家的時候跟我說過，教我不能跟爸爸要錢買零食，因爲爸爸天天做工，賺錢好辛苦！」

「金黃樹，你有錢嗎？」

楓樹問金黃樹。

「錢？」

金黃樹歎了口氣，好笑地說：

「我跟你一樣，只有滿枝椏的葉子呀！」

「聽說古時候有一種長滿錢的樹，叫搖錢樹。」

楓樹嚮往地說：

「可惜，那只是一個故事。」

「唉！如果我們的葉子能變成錢就好了。」

金黃樹歎了一口氣，覺得他們一點忙都幫不上，真是難過。

過了一會兒，福哥煩惱地輕輕說：

「我弟弟的同學也每天放學就到我家等一等，看看我媽媽回來了沒有。」

「我的天老爺。」

楓樹倒抽了一口氣：

「還有比這更糟糕的事嗎？」

「對了！」

金黃樹想到了一個辦法，他興奮地叫：

「你可以寫信給媽媽，請她寄月餅回來呀！」

福哥想了一下，咧開嘴笑了，對呀！也許還能要媽媽回來呢！對呀！寫信！

他想了一下，臉又沉下去了：

「沒有用，我沒有信紙，也沒有郵票。」

福哥懊喪地說。

「哎！這倒是一個大問題。郵票在山上是很珍貴的，我幾乎沒看過有人寫信呢！」

楓葉說：

「連郵差也不多見喲！」

金黃樹歎了一口氣說：

「我想小學老師或校長一定有郵票。福哥，你可以去向老師買郵票。」

「不可以，我沒有錢。」

福哥失望地說：

「如果我去向老師買，老師一定會說沒關係，送我，他每次都是這樣。爸爸叫我不可以隨便要人家的東西。」

福哥撕著一張張的楓葉，地上全是碎葉子，風吹過樹林，葉子沙沙地響。小鳥在樹上吱吱喳喳地嚷個沒完，爲了搶一個小果果而大吵一場。

楓樹抬頭看看他枝枒上兩隻小鳥在吵什麼，原來是一隻麻雀正和一隻黃鶯吵架。他們爲了一個小果果爭得面紅耳赤，一個說是他先找到的，另一個就說是他先咬到的，他們互相把紅豆從對方的嘴裡搶過來！搶過去！

「你這個強盜！強盜！」

黃鶯用她細細的嗓子尖叫地罵，麻雀也不甘示弱，反嘴罵著：「你是個山賊！大山賊！」

「好極了，我想到了一個好辦法。」

顯然是兩隻吵架的小鳥使楓樹想到好辦法了，他快活地說：

「福哥！打起精神吧！我有個一毛錢都不必花的好辦法啦！」

福哥高興地抬頭，睜亮了眼，急忙問：

「快說呀！什麼好辦法？」

金黃樹也追著問：

「什麼？什麼好辦法？」

「來吧，福哥，你挑我樹上最紅的一片楓葉摘下來。」

楓葉用和氣又得意的口氣說：

「把你想說的話簡單地寫在楓葉上，來，我們請這兩隻閒著沒事只管吵架的小鳥幫個忙吧。」

「你在說什麼？你在說什麼？」

兩隻小鳥停止吵架，吱吱喳喳地追問：

「你在罵我們嗎？你在罵我們嗎？」

說著，對準楓樹幹，狠狠啄一大口，痛得楓樹大叫起來。

「我並沒有罵你們呀！」

楓樹笑嘻嘻地說：

「我只是想請你們當個郵差罷了。」

「郵差？」

麻雀嘻嘻哈哈地笑起來：

「這倒是一個有趣的工作，楓樹，你真是一個老好人呀！我要是不答應，就太不夠意思了。」

說著，回過頭去對黃鶯說：

「好了！小妹妹，咱們別吵了，有正經事要辦呢！」

「小妹妹嗎？」

黃鶯不服氣地又用她那細細的嗓子尖叫：

「麻雀，你可從來沒有搞清楚，咱們的媽媽到底是誰先把誰生出來的呀！」

「不要爭呀！小妹妹！」

麻雀不耐煩地說：

「你們小女孩就是小心眼，誰比誰大又有什麼關係？」

黃鶯豎起眉毛，又想抗議，麻雀立刻銜起那顆引起吵架的紅豆，慷慨地塞進黃鶯的嘴裡。黃鶯一邊吞，一邊就不得不承認，有時候麻雀是比較心胸寬大的了。

福哥滿懷興奮地跑回去拿鉛筆。他氣喘吁吁地跑回來，站在楓樹下，很開心地說：

「楓樹，你真的要讓我採一片大葉子嗎？」

「儘管摘吧。」

楓樹溫和地說：

「爲了你們的快樂，我願意送你們一片上好的楓葉。」

福哥這個從小在山上與樹爲伍的孩子，一直是個爬樹的高手。他很輕鬆地就爬上了樹，仔細地挑選了很久，找到了一片紅得像紅寶石般的楓葉，輕輕地摘下來，用筆在上面寫著：

媽媽：

弟弟、爸爸和我都很想您和月餅，可不可以寄月餅回來？祝您健康快樂。

兒 福哥敬上

再大的楓葉，也不可能比信紙大，所以，福哥雖然只寫了幾個字，就已經擠滿葉面啦。

福哥一筆一畫地寫得很用心，楓樹和金黃樹溫和地低著頭看。陽光穿過飄逸在樹林間的薄霧，閃爍著迷濛的金光。露珠兒從樹尖「滴！答！滴！答！」地落下來，黃鶯麻雀耐心地等在一邊。

福哥寫完最後一個字，小心地檢查一遍，完全沒有戳破葉子。

他很慎重地把這片紅星星交給麻雀，麻雀也很慎重地把它銜在嘴裡。這是一張非常重要的信，它決定著一群孩子中秋節那天的命運。

楓樹不住地叮嚀這兩隻任重道遠的鳥兒要注意安全、要小心。遠遠看見老鷹來了，就說什麼都得躲起來，不能逞強地想和老鷹比比拳術。

黃金樹在一邊點點頭，溫和地祝福他們，祝他們一隻老鷹也遇不到。

福哥跟著兩隻鳥兒一直走到山路盡頭，然後，才用盡肺力，對飛遠了的鳥兒大喊：

「再見！再見！問媽媽什麼時候可以回來——」

黃鶯回過頭朝他微笑地揮揮翅膀。

秋天金色的風從枝枒上吹過來，颳起了山路兩邊的落葉。福哥在山路上拚命地往家的方向跑，他要回去告訴弟弟們，媽媽的月餅就要寄到了。

——選自皇冠出版《春天感冒了》

9

光光兒・鏡

光光兒是個機靈可愛的小孩兒，他跟著爹娘住在一個小村莊裡。

光光兒家裡很窮，爹是個砍柴的樵夫，娘是幫村裡王富翁煮飯的廚娘。光光兒天天緊跟在娘後頭，娘在煮飯的時候，光光兒就在廚房的後門外跟狗玩；到了中午，娘煮好了飯，就會給他兩個加糖的大饅頭當午飯吃。

爲了兩個大饅頭，光光兒每天天未亮就跟著爹娘起床，爹穿衣上山砍柴，娘就邊梳頭邊嘆氣：

「我也不希望戴金花、戴銀花，我只希望有一面鏡子，讓我照照臉兒、梳梳頭就好啦！」

爹就會安慰娘說：

「賣了柴，有了錢就給你買面銅鏡。」

娘馬上高興地追問：

「真的？那……那可要花多少錢喲？」

話還沒有說完呢！爹老早扛著柴刀走遠啦！娘只好嘟著嘴，在沒有鏡子的房裡，用靈巧的雙手把頭髮梳成一個烏黑油亮的髮髻。

到了王富翁的廚房，娘替王富翁做大魚大肉的菜，又要嘆氣說：

「我也不希望吃大魚配大肉，只希望有面鏡子照照臉，讓我梳梳頭就好啦！」

光光兒在後院兜著圈子跑，逗狗玩兒，他可從來沒有見過什麼是鏡子。

「到底鏡子是什麼東西呀？娘這麼想要它？」

光光兒心裡實在是弄不懂。

有一天，王富翁的大兒子要娶媳婦了，聽說新娘子的嫁妝裡就有一面又圓又亮的大銅鏡，鏡子四邊上細細的雕刻著花朵和鳥兒，雕得有多細呢？就像繡花一樣精緻，連翻波跳起來的小魚兒身上，都能刻著清楚的魚鱗。

光光兒的娘雖然還沒有看見，只聽大家把那面鏡子說得貼金刻銀一般珍貴，心裡就已經羨慕得不得了。

「這麼好的一面大鏡子，照起臉來該有多清楚呀！尤其是梳頭時，一定連一根髮絲也不會亂的。」

光光兒的娘一聽人說起新娘陪嫁的那面大銅鏡，就忍不住傷心。她想要一面鏡子已經想了好多年了，到現在還是連個影子都沒有。

「等辦喜事那天，我們一起去看個清楚。」

嬸嬸們邀光光兒的娘說：

「不看太可惜了，那是一面好鏡子呀！」

「我怎麼去？」

光光兒的娘不開心地回答：

「我梳頭時，連一面鏡子都沒有，可叫我拿什麼來照臉梳頭打扮？」

「不去？那多可惜呀！」

一個姑娘惋惜地說，光光兒的娘又嘆了一口氣，只見那個姑娘眼珠子滴溜一轉，主意就來了：

「有了！我有個辦法。」

那位姑娘興奮地對光光兒的娘說：

「你拿臉盆裝滿水，不就可以照臉了嗎？」

「對呀！好主意！」其他的姑娘忙贊同著說。

「不行呀！」光光兒的娘憂愁地搖搖頭：「那怎麼行？水盆又不能豎起來放，低頭照臉搽粉，粉不都落在水裡了？」

「那怎麼辦？」

大多數的姑娘也沒有鏡子呀！就算有一、兩個姑娘有鏡子，那……那也是當寶貝收著，只捨得放著瞧兩眼，可捨不得天天用，更甭談借人了。

「要是我見過鏡子是什麼樣子就好啦！」

光光兒心裡想：

「知道了鏡子的樣子，我就去找面鏡子給娘。」

王富翁家辦喜事的日子越來越近了，光光兒的爹還是沒錢買鏡子，光光兒的娘嘆氣也越嘆越多啦！

有一天晚上，光光兒被娘的嘆息聲吵醒了，他覺得肚子脹脹的，想小便。

「娘，我要小便。」光光兒推推娘說。

「自己到外面水溝邊去。」光光兒的娘一肚子不高興：「別忘了加件衣服。」

光光兒就自己披了件衣服，下床開門到水溝邊小便。半夜了，外面涼得很，光光兒本來還怕黑，抬頭一看，不但不黑，而且還亮得很哪！

「咦？半夜裡怎麼還這麼亮？」

光光兒邊穿褲子，邊抬頭望：「哎喲！原來是月光，好圓好大的月亮喲！」

像面銀盤似的大月亮，高高地掛在天空上，滿天都是眨著眼睛的小星星，把大地照得像浸在銀湖裡。

光光兒看呆了，他覺得月亮在對他眨著眼兒笑呢！

「嘿！是月亮在笑吧？」

月亮那張大銀臉又皺了一下，真的笑了，光光兒看得歡喜起來，索性坐在大石頭上看個夠。

「光光兒，你沒有看過我嗎？怎麼就看呆了？」月亮開口說話了。

「看是看過。」光光兒愣愣地說：

「可是，就沒有見過你像今天晚上這麼圓、這麼大呀！」

月亮噗哧一聲笑起來：

「今天是十五嘛！你沒有聽人家說，十五月兒亮光光嗎？」

「所以，你今天晚上就又圓又大了？」光光兒笑著接著說。

「天氣好也有關係，那些討人厭的烏雲不會老纏著我，遮人家的光。」月亮停了停，又問：「光光兒，小便好了，怎麼不回床上睡？」

光光兒不說話，盯著月亮瞧了半天，想起了娘的鏡子，就問：

「月亮，聽說你是『月神』是嗎？」

「是呀！人們是這麼稱呼我。」月亮回答。

「你知道的事情一定很多吧？」光光兒滿懷希望的又問：

「你一定什麼都知道吧？」

「可不是嗎！」月亮嘆了一口氣說：「唉！在天上待了幾千萬年了，什麼都見過啦！」

「你可見過鏡子？你可知道鏡子是什麼？」

「鏡子呀！」月亮輕輕鬆鬆地回答：「鏡子就是一種圓圓、平平的，滑滑又亮亮的東西。你對著它看時，可以在上頭看見自己。」

「喲！這麼神奇呀？」光光兒驚喜地嚷著：「原來鏡子是這麼神奇的東西，難怪我娘天天都想要它呢！」

「誰要鏡子？」

「我娘呀！」光光兒說：「我娘想要一面鏡子好照臉兒梳頭。」

「照臉兒梳頭？」月亮問：「你們家連鏡子都沒有嗎？」

「可不是嗎？我們家很窮，靠爹打柴，娘幫人煮飯過日子，哪有錢買鏡子？」光光兒憂愁地回答說：「爹是答應過娘賣了柴就買鏡子；但是，每回賣了柴的錢，總是只夠買米了。」

「那你娘一定很想要買面鏡子吧？」月亮滿同情地說。

「是呀！想都快想瘋了。」

光光兒想起了娘的那面鏡子，就皺著眉嘆了口氣：「唉！——明天就是王富翁家娶新娘的日子了，娘急著要一面鏡子照臉好搽粉打扮呀！」

月亮同情地望著光光兒愁眉苦臉的發呆；半天，才紅著大圓臉，小聲地說：

「哎！……真……真可惜，我也……也沒有鏡子。幫不上……幫不上忙。」

「沒關係。」光光兒搖搖手說：「連我爹都幫不上忙，何況是你？」兩個都不出聲，靜了好一會兒都沒有說話。

月亮想了半天，有了個主意：「光光兒，你瞧！我怎麼樣？夠平、夠亮吧？」

光光兒仔細地瞧了瞧月亮，點點頭說：

「是很平、是很亮，可是能照人嗎？」

「試試看！」

月亮把他的大圓臉從天上湊近了光光兒的面前，光光兒在月亮銀盤般、又平、又滑的大圓臉上，看見了一個小孩兒又驚又喜的臉蛋兒。

他高興地直叫：「真行，真鏡子真管用，我看見自己啦！」

月亮得意地呵呵笑了。

「夠清楚吧？」他問。

「太清楚啦！」

光光兒對著鏡裡那張喜孜孜的小臉兒直扮鬼臉，擠眉弄眼地笑，他可是第一次看見自己的樣子哪！

可是……光光兒沉下了臉，又愁了。

「又怎麼啦？」月亮忙問他，

「我總不能把你從天上摘下來呀！」光光兒嘆了一口氣說。

「有什麼關係？我每個月也總會找一次機會溜下來玩玩的。」月亮滿不在乎地說。

「真的？」光光兒的眼睛一下子睜了好大：「那可太好了。」

「不過……」月亮有點不好意思地說：「我前些日子才溜下來玩過，溜了太多次總不太好。」

光光兒的臉一下子又沉下去了，月亮忙又說：「別急！別急！我有辦法。」

洩了氣的光光兒，又睜大了眼問：「什麼辦法？」

「你家有沒有白紙糊的紙燈籠？」

月亮轉著眼珠子問。

「沒有……只有紅花紙糊的舊燈籠。」

把紅花紙糊的燈籠掛在天上，代替月亮？月亮真有點擔心呢！可是，他眼珠子在轉上半天，也想不出更好的辦法了，只好說：

「好吧！好吧！紅花紙的就紅花紙的吧！反正有個東西掛在天上亮著，好替走夜路的人照亮就可以了。」

光光兒連忙去把他家的紅花紙燈籠拿出來，邊交給月亮邊叮嚀說：「小心點，可別弄破了，娘夜裡走路沒燈籠用。」

「知道了。」

月亮接過燈籠，小心地把它掛在自己的位置上，他自己就從椅子站起來，「咕咚！」一聲滾落在光光兒的懷裡，這月亮足足有光光兒兩個臉大，又平、又滑，還亮光光的，真是一面好鏡子呀！

光光兒抬頭看看，天上掛著他的紅花紙燈籠，他看著、看著，忍不住笑起來了。

「光光兒。」月亮擔心地吩咐著：「你娘問你，就說水邊撿來的，明天用完了，別忘了夜裡出來把我放到外面，我自己就會回去。」

「知道了。」光光兒安慰他說：「我一定會照你的話做。」

說完，便抱著月亮悄悄地推門進了房。

第二天醒來，光光兒趕緊把月亮拿給娘，光光兒的爹和娘嚇了一大跳，張著嘴說話都結巴了。

「光……光光兒，這不……不是偷的吧？」光光兒的爹緊張地問。

「不是。」光光兒分辯說：「是昨夜裡起來小便，在水溝邊撿到的。」

光光兒的娘一邊愛不釋手地摸著，一邊說：

「是銀子打的?!只怕是誰家姑娘掉的，趕明兒得去問問，好送還人家。」

光光兒差一點脫口說：「不是銀子，是月亮！」

幸好，他看見月亮正緊張地對他擠眼兒呢！光光兒忙掩著嘴笑了。

光光兒的娘興高采烈地把月亮豎起來，靠著窗邊的光，放在桌上，歡天喜地地梳頭打扮說：

「我得趕緊些，好喝喜酒去，用這麼好的鏡子照臉梳頭，哪怕只能用一天，也就夠啦！」

光光兒聽了娘的話，和月亮對看一眼，兩個都抿著嘴兒偷偷地笑了。

——選自皇冠出版《春天感冒了》

附錄：李叔真少兒文學著作一覽表

書名	出版社	出版日期
冰淇淋小蝸牛	洪建全教育文化基金會	一九八七年六月
雨，還在下著嗎？	幼獅文化事業股份有限公司	一九九一年六月
弟弟不要怕	幼獅文化事業股份有限公司	一九九一年六月
盛開吧，野薑花	幼獅文化事業股份有限公司	一九九一年六月
巴掌大的仙子	幼獅文化事業股份有限公司	一九九一年六月
姚碧漪的故事·國一篇	業強出版社	一九九三年一月

姚碧漪的故事・國二篇	業強出版社	一九九三年一月
姚碧漪的故事・國三篇	業強出版社	一九九三年一月
春天感冒了	皇冠文化出版有限公司	一九九四年六月
瘋狂的石頭鄉	業強出版社出版	一九九五年四月
老巫茶館	天衛文化圖書股份有限公司	一九九五年四月
野孩子的春天	平安文化有限公司	一九九五年八月
山上的孩子	業強出版社	一九九五年九月
雨天裡有一隻貓	平安文化有限公司	一九九五年十月
天使請不要帶我走	皇冠文化出版有限公司	一九九六年八月
烏龜大夢	天衛文化圖書股份有限公司	一九九八年一月
愛像紙屑一樣多——李叔真精選集	九歌出版社	二〇一〇年四月

後記

萬里行程的智慧　納入一頁書中卷

大約三十年前，一個來自台灣的年輕兒童文學作家，提著一卡皮箱，遠走歐洲，追尋古典兒童文學的足跡。

她有著台灣傳統的教育思想，要到德國拿個教育或文學的博士學位，這樣，她的兒童文學造詣，就會很深厚了。

她拜訪了許多德國兒童文學作家，也去拜訪了號稱全世界最大的兒童文學研究所所長。年輕的作家和眼前這位長者，有一席影響了她的一生的談話。

「妳是個兒童文學作家？」

「是的，我是來自台灣的兒童文學作家。」

「喔！妳拿了不少兒童文學獎？」

「是的，我拿了幾個兒童文學獎。」

「所以，這證明了，台灣兒童文學領域很蓬勃。」

「是的，台灣算是重視兒童文學，不過，這是近十年來的事。」

「那麼，妳認為台灣的兒童文學會繼續更為蓬勃嗎？」

「是的，我們非常努力。」

「那麼，妳來德國的目的是什麼？」

「德國的兒童文學研究，歷史更為悠長，成果更為傑出，值得我們學習。」

「妳打算怎麼學習？」

「我想要來讀一個學位。」

當時的這個年輕作家，美麗的雙眼炯炯有神，志向遠大。

以下的談話，卻徹底改變了那雙美麗眼神和遠大志向的視覺落點～

「我親愛的年輕女士，我想要告訴妳一個事實。學院是一個用科學方法研究文學的地方。最主要的工作是：整理、分類、標示、並研究作品的主題與背景。我們研究的是作家完成的作品。」

「孩子，如果妳是一個作家，妳不應該來學院，妳應該去生活、去觀察、去思考，然後，去創作。這才是妳的使命與天職。但是，這裡是學院，學院不負責培養作家，作家也不是學院培養得出來的。」

一種無名的感動，深深的震撼了這個來自台灣的年輕作家。

她離開了學院，走進了世界，用她美麗的眼神，靜靜的觀看，靜靜的轉化，靜靜的創作。

有一天，她走上講台，告訴台下小小的學生們～
創作是什麼？創作就是寫作的進階。
寫作是什麼？寫作就是～
記錄下～你眼睛所看到的一切轉化成你心中所想的一切。
這種紀錄累積的某種程度，就是智慧與經驗的寶庫。
這座寶庫，就叫做「書」。
讀萬卷書和行萬里路，都是智慧與經驗的來源。
這裡，就讓我們從萬卷書開始吧！

李叔真 二〇一七年十一月

新世紀少兒文學家 11

愛像紙屑一樣多

李叔真精選集

著者　李叔真
插畫　蘇力卡
主編　林文寶
執行編輯　鍾欣純
發行人　蔡澤玉
創辦人　蔡文甫
出版發行　九歌出版社有限公司
台北市105八德路3段12巷57弄40號
電話／02-25776564・傳真／02-25789205
郵政劃撥／0112295-1
九歌文學網　www.chiuko.com.tw
印刷　晨捷印製股份有限公司
法律顧問　龍躍天律師・蕭雄淋律師・董安丹律師
初版　2010年4月
增訂新版　2017年12月
定價　250元

書號　0171011
ISBN　978-986-450-160-1
（缺頁、破損或裝訂錯誤，請寄回本公司更換）

國家圖書館出版品預行編目資料

愛像紙屑一樣多：李叔真精選集／李叔真著；
蘇力卡圖.— 增訂新版. — 臺北市：九歌，
2017.12
面； 公分. —（新世紀少兒文學家；11）

ISBN 978-986-450-160-1 （平裝）

859.6 106020466